UNIVERSITÉ DE LILLE — FACULTÉ DE DROIT

DES
SUCCESSIONS
DANS LE HAINAUT

THÈSE POUR LE DOCTORAT

PAR

AUGUSTE DOURNES

Lauréat de la Faculté

Avocat à la Cour d'Appel de Douai

DOUAI

... ET E. CRÉPIN FRÈRES, ÉDITEURS

23, Rue de la Madeleine, 23

1899

THÈSE

POUR LE DOCTORAT

FACULTÉ DE DROIT DE LILLE

ENSEIGNEMENT

MM. VALLAS (O. I. ⚜), Doyen, Professeur de Droit civil.

FÉDER (O. I. ⚜), Professeur de Droit civil.

GARÇON (O. I. ⚜), Professeur de Droit criminel, chargé de cours à la Faculté de Paris.

LACOUR (O. I. ⚜), Professeur de Droit commercial.

BOURGUIN (O. I. ⚜), Professeur de Droit administratif.

MOUCHET (O. I. ⚜), Professeur de Droit romain.

JACQUEY (O. I. ⚜), Professeur d'Histoire du Droit

DESCHAMPS (O. A. ⚜), Professeur d'Economie politique, chargé de cours à la Faculté de Paris.

WAHL (O. A. ⚜), Professeur de Procédure civile.

JACQUELIN (O. A. ⚜), Professeur adjoint.

PELTIER, Agrégé, chargé de cours.

COLLINET, Agrégé, chargé de cours.

MARGAT, Agrégé, chargé de cours.

PERCEROU, Agrégé, chargé de cours.

DUBOIS, chargé de cours.

ADMINISTRATION

MM. VALLAS (O. I. ⚜), Doyen.

LACOUR (O. I. ⚜), Assesseur.

SANSON (O. A. ⚜), Secrétaire

DOYEN HONORAIRE

M. DE FOLLEVILLE (O. I. ⚜).

SECRÉTAIRE HONORAIRE

M. PROVANSAL (O. I. ⚜).

UNIVERSITÉ DE LILLE. — FACULTÉ DE DROIT

DES
SUCCESSIONS
DANS LE HAINAUT

THÈSE POUR LE DOCTORAT

L'ACTE PUBLIC SUR LES MATIÈRES CI-APRÈS

a été soutenu le Vendredi 20 Janvier 1899, à 10 heures du matin

PAR

AUGUSTE DOURNES

Lauréat de la Faculté

Avocat à la Cour d'Appel de Douai

JURY

M. JACQUEY, *Président.*
MM. PELTIER
    COLLINET } *Suffragants.*

DOUAI

IMPRIMERIE LIBRAIRIE

L. ET G. CRÉPIN FRÈRES, ÉDITEURS

23, Rue de la Madeleine, 23

1898

A MON PÈRE, A MA MÈRE,

A MA SŒUR,

A MON PARRAIN, A MA MARRAINE,

A MES PARENTS,

A MES MAITRES, A MES AMIS.

BIBLIOGRAPHIE

Recueils de Chartes

Faider. — Coutumes du pays et comté de Hainaut. — Bruxelles — 1883 — 3 vol. — (Cette œuvre admirable du savant procureur général près la Cour de cassation de Belgique ne saurait trop être recommandée à ceux qui s'occupent des chartes de ce comté. — Elle nous dispensera de citer un certain nombre de recueils manuscrits devenus sans importance depuis cette publication).

Editions des Chartes

I. — CHARTES GÉNÉRALES. — 1° *Charte de l'an* 1200. — Deux éditions principales: Hannoniœ leges comitis Balduini sexti anni MCC (Mons — Hoyois — 1783 — in-4).

Charte du Hainaut de 1200. — (Mons — Wilmet — 1784 — in-12).

2° *Charte de* 1483. — Deux éditions. — Mons — Hoyois — 7778 — in-4. — Mons — Wilmet — 1784 — petit in-8.

3° *Charte de* 1534. — Nombreuses éditions.

Voici les principales :

— Lois — Chartes et coutumes du noble pays et comté de Hainaut — par Michel de Hochstrat. — Anvers 1535.

— (In-folio excessivement rare, le titre est orné d'une grande gravure sur bois représentant le comte de Hainaut entouré de ses douze pairs).

— Idem par Jehan Loe — Anvers 1553,

— Idem par Jehan Loe — Anvers 1558.

— Lois, chartes et coutumes du Hainaut. — Mons — Ch. Michel — 1598.

— Idem — Mons — Hoyois — 1775 — in-12.

4° *Charte de* 1619 — Éditions plus nombreuses encore dont nous ne citerons que :

— Les chartes nouvelles du pays et comté de Hainaut -- Mons — Veuve Lucas Rivius — 1620 - in-4. — (C'est la première édition, il en existe deux tirages).

— Idem — augmentées par M. Fortius, avocat à la Cour de Mons — Fr. de Waudré — 1633 — petit in-8. — Veuve Siméon de la Roche — 1666 — in-4.

— Idem — Hoyois - 1773 — in-8 — la plus correcte et la plus conforme au texte original.

II. — CHARTES LOCALES. — *Chef-lieu de Mons.* — On ne compte pas moins de dix-sept éditions différentes de la charte de 1534 sans parler d'un essai de rédaction en vers dont le manuscrit original se trouve à la bibliothèque de Mons. — Cet essai ne comprend que deux chapitres, on conçoit aisément que la verve de l'auteur se soit aussi vite émoussée.

La première édition, peut être la meilleure, date de 1535.

Lois, chartes et coutumes du chef-lieu de la ville de Mons et des villes ressortissant audit chef-lieu. - Anvers — Michel de Hochstrat — 1535 — petit in-folio (extrêmement rare)

La plus récente est de 1761.

Lois, chartes et coutumes du chef-lieu de la ville de Mons. — Nouvelle édition revue et très exactement corrigée. - Mons — Wilmet — 1761 — petit in-8.

Cette édition contient de plus le texte de la charte dite « préavisée. »

Chef-Lieu de Valenciennes. — Charte de 1534. — Une édition très rare. — Coutumes et usages de la ville, échevinage, banlieue et chef-lieu de Valenciennes. — Mons – 1540 – petit in-4.

Charte de 1540 — deux éditions – l'une de 1540 – l'autre de 1545.

Charte de 1619 — neuf éditions — la meilleure est celle donnée par Raparlier, dans son ouvrage intitulé « Exposition de la lettre et de l'esprit des chartes générales du Hainaut .»

Chef-Lieu de Binche. — Deux éditions – la meilleure est celle de 1663. –- Mons — Delaroche — petit in-4.

Chimay. — Coutumes des droits et juridictions appartenant aux mayeur et échevins de Chimay. — Mons – Vaudret — 1647 — petit in-8,

Lessines. — Coutumes et usages de la franche ville de Lessines. — Ath — Jean Maes — 1623 — petit in-8.

Wodecque, - Lois, chartes et coutumes du village de Wodecque. — Mons — Math. Wilmet — 1757 — in-12.

Ouvrages généraux

I, — SOURCES. — Jehan Bouthillier — Somme rural.
Tailliar — Recueil d'actes des XII° et XIII° siècle.

II. — OUVRAGE DE SECONDE MAIN. — Britz — (Ancien droit belgique). — Merlin et Guyot — (Répertoire (V° Hainaut). — Glasson — (Histoire du droit et des institutions de la France (tome VII). — Guyot — (Livre des fiefs). — Pocquet de la Livonnière — (Traité des fiefs.)

Commentaires et traités spéciaux (1)

Boulé. — Institution au droit coutumier du pays de Hainaut. — Mons — Hoyois — 1780 — in-4 – 2 vol.

Decroos. — Ancien droit civil du Hainaut d'après les chartes de 1019. — (Annales du cercle archéologique de Mons t. XVII.)

---

(1) Les ouvrages de moindre importance seront cités dans le corps du texte ou en note.

Dumées. — Jurisprudence du Hainaut français. — Douai —
1700 — in-4.

Dumées. — Traité des juridictions et de l'ordre judiciaire pour le
ressort du Parlement de Flandre — spécialement pour le Hainaut. —
Douai — 1762.

Raparlier. — Exposition de la lettre et de l'esprit des chartes
générales du Hainaut. — Douai — 1771 — in-4   2 vol.

MANUSCRITS. — *Boulé*. — Introduction pour l'intelligence des
chartes générales du pays et comté de Hainaut. — (Bibliothèque
publique de Douai).

Demarbaix. — Traité des successions de mainfermes et meubles. —
1746 — in-folio parchemin. — (Bibliothèque de Mons n° 351).

Meurisse. — Annotations sur les chartes du pays et comté de
Hainaut. — 4 vol — in-folio   1737.   (Bibliothèque de Mons n° 257).

Overdatz ou *Ouverlat*. — Traité des successions selon la coutume
du chef-lieu de Mons — in-folio. — Bibliothèque de la Cour de
cassation de Belgique. — (Ce traité se trouve aussi dans le recueil
des préjugés n° 336 de la Bibliothèque de Mons à la suite de « coutumes du chef-lieu de Mons touchant la succession des mainfermes. »

Petit. — Commentaire de la charte générale du pays et comté de
Hainaut. — (Bibliothèque de Mons n°s 343 — 268 — 269) c'est le
commentaire le plus important et le plus étendu que l'on connaisse,
Merlin l'invoque souvent dans son répertoire.

Recq. — Les chartes nouvelles du Hainaut de l'an 1619, annotées
par le conseiller Recq (1743 — 1773). Ses annotations sont en général
exactes et très complètes —(Bibliothèque royale de Bruxelles n° 21145).
(Archives de l'Etat à Mons).

ANONYMES. — Notes sur la coutume de Valenciennes. — Bibliothèque de Douai.

Notes sur les chartes générales du pays et comté de Hainaut de
l'an 1619. — Bibliothèque de Mons n°s 333 — 254 — 173 — 57.

Essai de remarques sur le droit Hennaunien. — Bibliothèque de
Douai.

Notes sur les chartes du Hainaut. — Bibliothèque de Valenciennes
n° 1058

Annotations sur les chartes. — Bibliothèque de Valenciennes n° 1024.

Commentaire sur la coutume de Valenciennes. — Bibliothèque de Valenciennes n° 1003.

Coutumes du chef-lieu de Mons pour les successions de mainfermes. — Bibliothèque de Valenciennes n° 1038.

Traité des successions selon la coutume du chef-lieu.—Bibliothèque de Valenciennes n° 1015.

Recueils d'arrêts

Il n'existe pas de recueils imprimés des arrêts de la cour de Mons. — Quelques magistrats seulement ont fait un recueil des arrêts rendus dans les causes plaidées devant eux, ces recueils sont tous manuscrits. On en trouve un certain nombre à la bibliothèque de Mons sous les numéros : 128 — 253 (celui-ci est le plus important, fait par Tahon) 65 — 132 — 142 etc. et à la bibliothèque de Douai sous le n° 1230.

Les recueils imprimés d'arrêts des Parlements sont :

Du fief. — Arrêts de Malines.

Deghewiet. — Arrêts de Flandre.

Pinault-Desjarnaux. — Arrêts du Parlement de Tournai.

Idem   — Arrêts du Parlement de Flandre.

Pollet. — Arrêts du Parlement de Flandre.

Waymel du Parc. — Arrêts du Parlement de Flandre et du grand conseil de Malines.

MANUSCRITS. Deux recueils d'arrêts de Malines du XVIIe siècle (n°s 1231 — 32 de la bibliothèque de Douai).

Un recueil d'arrêts de Flandre. — Bibliothèque de Douai n° 662 « jurisprudence ou recueil d'arrêts rendus par le parlement de Flandre depuis son origine jusqu'à 1721. »

INTRODUCTION

Les Sources du droit dans le Hainaut

Le droit coutumier du Hainaut se retrouve dans les chartes de ce comté, dont les unes sont dites chartes générales par opposition aux chartes dites spéciales, qui n'ont d'effet que dans le chef-lieu pour lequel elles ont été créées.

Les chartes générales du Hainaut, outre l'état des individus, régissaient les contrats, les actions personnelles et les immeubles en tant seulement qu'ils étaient fiefs ou alleux. Les biens de mainferme,

2

rotures ou censives, ainsi que les meubles étaient régis par les coutumes locales. Ce n'est que par exception, et dans un petit nombre d'endroits que l'autorité des chartes générales avait été étendue à quelques mainfermes.

Parmi les coutumes locales, les principales et les plus importantes étaient celles des chefs-lieux de Mons et de Valenciennes ; puis, venaient les coutumes des chefs-lieux de Binche, Chimay, le Rœuls, Prisches.

Ces chefs-lieux étendaient leur juridiction sur un certain nombre de villes et de villages.

Quelques villes, sans être des chefs-lieux, avaient aussi des coutumes particulières, c'étaient : Lessines, Villefranche, Wodecque, Enghien, Braine-le-comte, Ecaussines. (1)

Toutes les villes et localités du Hainaut étaient soumises aux chartes générales. Quant aux coutumes locales, il n'est pas toujours facile de déterminer leur ressort.

Ainsi, une partie des maisons de la ville d'Ath obéissait au chef-lieu de Mons, l'autre partie au chef-lieu de Valenciennes. Des villages ainsi que Masny, Erchin, Guesnain, Sommaing, etc., avaient adopté les chartes générales du Hainaut pour coutume de

---

(1) Les coutumes de ces deux dernières villes n'ont pu être retrouvées.

leur chef-lieu ; dans ces localités, les mainfermes étaient régies par les chartes générales aussi bien que les fiefs et les alleux. C'est ce qui faisait dire à un ancien auteur, que si l'on parvenait à dresser une carte coutumière ou un tableau chorographique où ces ressorts différents seraient indiqués par la différence des couleurs, le Brabant, la Flandre, le Hainaut seraient de véritables morceaux de marqueterie qui lutteraient de bigarrure.

1° Chartes générales. — Elles consistent dans la charte générale homologuée, le 5 mars 1619, par les archiducs Albert et Isabelle et dans les dispositions des chartes, lois et ordonnances antérieures qui n'ont été ni changées, ni modérées par la charte nouvelle.

Ces chartes antérieures sont : 1o « celle donnée en 1200 par Baudouin de Constantinople ; 2° celle que donna Albert de Bavière en 1391 (5 août et 5 novembre), 3o Charte de Guillaume de Bavière (7 juillet 1410) modifiée le 1er mars 1417 ; 4° Charte de Maximilien et Philippe le Beau (8 avril 1483); 5o Charte de 1534 (15 mars) homologuée par Charles-Quint.

A. *Charte de 1200*. — C'est la première loi écrite du Hainaut. Jusque-là il n'existait que des usages qui se perpétuaient de siècle en siècle. Baudoin VI, dit de Constantinople, eut donc la gloire d'être le premier législateur du Hainaut en lui donnant deux chartes : la première réglait le mode de transmission des fiefs et alleux par succession; c'est la seule qui nous intéresse, l'autre n'étant qu'un code pénal.

Cette charte, connue sous le titre de « Hannoniæ leges comitis Balduini sexti » était écrite en latin ; il en existe une traduction en vieux français, mais si défectueuse qu'il est préférable de consulter le texte latin.

Ses dispositions sont le fondement de la législation successorale du Hainaut, elles se retrouvent dans les chartes de 1534 et 1619 qui ont régi le Hainaut jusqu'à l'invasion française, mais elles s'y trouvent améliorées et mises en rapport avec le développement social.

B. *Ordonnance de 1341.* — On ne saurait passer sous silence cette déclaration qui émane de la Cour du Hainaut réunie en chambre du conseil sous la présidence du bailli de Hainaut. Elle repousse formellement le principe de la Représentation.

c. *Charte de 1410.* — Sans grande importance pour nous, toutefois dans son n° 36, elle parle longuement de la succession des absents.

D. *Charte de 1483.* — Les dispositions de cette charte sont rédigées sans esprit de suite, uniquement pour trancher des difficultés existantes dans les anciennes chartes Elles ne touchent pas aux principes posés par la charte de 1200, à laquelle elles renvoient d'ailleurs.

Cette charte a joué un assez grand rôle dans l'histoire juridique du Hainaut. Le rôle de la charte de 1534 est peut-être plus considérable encore.

D. *Charte de 1534.* — Cette charte complète les précédentes et traduit dans ses articles nombre de principes qui existaient jusque-là plutôt dans la pratique que dans la loi.

Elle donne, en un mot, une forme réelle à ce qui n'existait jusque-là qu'à l'état d'enveloppement.

Elle était plus complète et plus étudiée que celles qui la précèdent, mais laissait cependant encore beaucoup à désirer.

A peine était-elle en vigueur que des arrêts interprétatifs de la Cour de Mons, en vertu du droit concédé par le dernier article de cette charte, durent intervenir. Ils se succèdent jusqu'en 1596.

Aussi, sur l'ordre même de Charles V, un certain nombre de commissaires préparent un projet de réformes qui fut soumis aux Etats. Après de nombreux ajournements dûs aux discussions très âpres des gens de Mons et de Valenciennes, voire même de l'archevêque de Cambrai, le projet révisé fut homologué en

1619. Encore laissait-on en suspens plusieurs points très controversés. Ces chartes de 1619 ont régi le Hainaut jusqu'en 1794.

2° Chartes locales. — Nous rappelons qu'en général ces chartes régissent les meubles et les immeubles de mainferme.

A. *Chef-lieu de Mons.* — a. La charte de 1410 est, en réalité, la première qui traite de droit civil. Avant son apparition, aucun usage n'était écrit, de là de sérieux inconvénients. Elle rappelle quelques-uns des usages antérieurs, les modifie parfois et fait sur quelques points des innovations.

b. *Charte de 1484.* — Le 8 avril 1484 Maximilien et Philippe le Beau donnent la deuxième grande charte du chef-lieu.

c. *Charte de 1534.* — Charles-Quint, au début de son règne, ordonne la rédaction et l'envoi au conseil privé des différentes coutumes des provinces.

Les Etats de Hainaut, obéissant à cet édit, présentèrent un recueil des coutumes du chef-lieu de Mons qui fut homologué le 15 mars 1534 et publié à Mons le 26 juin.

Cette charte est beaucoup plus étendue que les précédentes qu'elle laisse d'ailleurs subsister dans la mesure où elles ne sont pas abrogées par elle.

La disposition finale de cette coutume mérite d'être

mentionnée immédiatement, en raison du privilège qu'elle accordait ; elle portait que « se en icelles echéoit cy·après quelque difficulté ou obscurité, les dits échevins de Mons pourront wydier et déclairer icelles difficultez et obscuritez ».

C'est la seule coutume locale qui ait joui de ce privilège, dans toutes les autres le souverain s'est formellement réservé le droit d'interprétation.

Nous ne pouvons abandonner le chef-lieu de Mons sans parler, d'une autre charte dite « charte préavisée » qui, sans jamais avoir été en vigueur, resta néanmoins comme « monument de raison écrite ». C'est qu'en effet, peu après l'apparition de la charte de 1534, on s'aperçut que, sur certains points, elle laissait à désirer, et on se résolut à la modifier, comme la charte générale du comté que l'on révisait précisément à cette époque. Ce travail resta longtemps manuscrit, il ne fut imprimé qu'en 1761, les praticiens y recouraient souvent car les matières y sont beaucoup mieux détaillées que dans la charte de 1534.

B. — *Chef lieu de Valenciennes.*

En 1114 Valenciennes reçut une charte célèbre (carta pacis) du comte Baudouin. Ecrite d'abord en latin elle reçut une rédaction nouvelle en roman en 1275 par Robert de Villers, chanoine de Saint-Jean à Valenciennes. C'est uniquement un code pénal

sans intérêt pour nous ; cependant l'article 54
contient un privilège auquel les Valenciennois atta-
chaient une grande importance : le recours aux
échevins en cas de difficulté d'interprétation, qu'on ne
retrouve plus dans les autres chartes — « de toutes
» les choses ki chi sont escrites, chis brief chi jugera
» et s'aucune chose faut ou fait à esclairier en che
» brief, li juret en feront droit jugement, selon leur
» meilleur entendement. »

Successivement en 1289 - 1296 - 1332 - 1396
de nouveaux privilèges furent concédés aux Valenciennois. Mais il faut arriver à l'année 1531, date de
l'apparition de l'édit de Charles-Quint dont nous
avons parlé à propos de la coutume de Mons, pour
trouver une charte relative au droit civil du chef-
tieu.

Pour obéir à l'édit de Charles V, les prévôts et
eschevins de Valenciennes ordonnèrent la rédaction
et l'envoi des coutumes au Conseil privé et adressèrent
à l'empereur un projet de charte. Ce projet fut
homologué le 12 avril 1534. Mais le souverain
s'apercevant que quelques dispositions étaient con-
traires à ses droits de souveraineté, abolit le projet
homologué et donna, de sa propre autorité d'autres
coutumes (23 mars 1540). Dans son dispositif, cette
charte renfermait une clause abrogeant toutes coutu-

mes et usages non repris par elle et ordonnait pour les cas obscurs ou non prévus de recourir au droit romain..

Ce renvoi au droit romain ne se retrouve que dans les chartes de Binche et de Wodecque.

Au siècle suivant, nouveau projet de coutume envoyé au conseil privé par les échevins, nouvelle charte (19 décembre 1619). Celle-ci apporte peu de modifications au droit alors existant comme nous le verrons dans notre étude sur la législation successorale à Valenciennes.

c. *Chef-lieu de Binche.* — Comme Mons, Binche était un chef-lieu souverain, toutefois la Cour de Mons ne l'admit jamais.

La coutume de Binche ne fut homologuée qu'au mois de mars 1589. En envoyant le cahier de leur coutume à l'homologation, les prévost et jurés de Binche représentèrent, qu'à la suite de la prise de leur ville par les Français en 1554 et 1578 et du pillage qui s'en était suivi, les documents et chartes contenant les usages avaient été perdus ou volés ; que depuis ce temps on devait recourir à la mémoire des plus anciens praticiens et notables dignes de foi et qu'il était urgent avant la mort de ceux-ci d'obtenir l'homologation du cahier qu'ils avaient dressé.

d. *Chef-lieu de Chimay.* — Ces coutumes ont été

homologuées le 23 octobre 1612 par le Conseil ordinaire de Mons agissant au lieu et place du grand bailli pendant la vacance de cette charge.

Chimay n'est pas un chef-lieu souverain, les appels de ses sentences étaient portés à la Cour de Mons.

E *Lessines.* — Ville franche, a vu homologuer sa coutume le 12 novembre 1622, celle-ci ne régissait que la ville et sa franchise, Lessines n'étant pas un chef-lieu.

Les appels de ses sentences allaient directement au Grand Conseil de Malines.

F. *Wodecque.* — N'était pas non plus un chef-lieu, sa coutume ne fut homologuée que le 20 octobre 1756. Elle nous montre combien était bizarre et réellement incroyable la situation de quelques localités relativement à leurs coutumes.

Les usages y avaient si souvent varié qu'une partie des habitants croyait être soumise aux coutumes de Renaix, une autre à celles d'Alost, une autre encore, à l'égard de certains points, à la charte générale du Hainaut. Cependant on laisse ces malheureux pendant près de deux siècles dans cette situation difficile et cette coutume fut la dernière à recevoir l'homologation.

G. *Prisches.* — Vit sa coutume homologuée le 9 janvier 1612. Plusieurs villages en dépendaient. Cette coutume qui rappelle sur beaucoup de points celle du

Vermandois est rapportée dans Bourdot de Richebourg (Grand coutumier de Flandre).

Enfin Enghien, le Rœulx, Braine-le-Comte, Pecquencourt, Soignies, Riauwelz et Courcelles possédaient également des coutumes qui ne furent pas homologuées, on ne sait pourquoi, mais qui étaient appliquées par les juges et connues des parties. Elles ont été en vigueur aussi longtemps que les autres.

Les chartes de Mons et de Valenciennes étant de beaucoup les plus importantes, nous ne citerons les autres qu'en ce qu'elles auraient de contraire à celles-ci dont nous faisons, pour ainsi dire les prototypes de toutes les autres.

Des successions dans le Hainaut

—

Le comté de Hainaut n'est pas seulement un des plus grands fiefs de France et des plus importants, c'est peut-être encore un de ceux dont la législation est la plus originale et la plus digne à ce titre, d'attirer et de retenir l'attention de l'historien.

Habitée par une race altière, fière de ses privilèges et de ses singularités même, cette contrée a eu le rare mérite de conserver sa personnalité durant bien des siècles, sans rien emprunter au pays voisins, jalouse de conserver intactes ses institutions et son caractère.

De là, ce cachet d'archaïsme que revêt la législation de ce comté et particulièrement la partie qui se réfère aux successions.

C'est ainsi qu'on peut constater l'existence à Valenciennes au profit du plus jeune des enfants, d'un droit dit de maineté dont on ne retrouve l'équivalent qu'en Bretagne, la consécration à Mons et à Chimay du privilège de masculinité pour la succession aux biens non nobles, l'absence du privilège de la séparation des patrimoines tant pour la succession aux biens nobles que pour celle aux biens de rôture ; enfin, dans tout le Hainaut, la distinction nettement accusée des héritiers aux meubles et des héritiers aux immeubles.

On pourrait donc, semble-t-il, dire avec Stockmans (1) que les lois du Hainaut étaient « exotiques et anormales ». (Recueil d'arrêts du Conseil souverain de Brabant, décision 1 n° 1).

Mais cette appréciation donnée d'une manière aussi absolue ne serait cependant pas exacte. Les coutumes du Hainaut contiennent, il est vrai, pour

---

(1) Stockmans (Pierre) :

Célèbre écrivain et juri-consulte du xvii⁰ siècle ; publia plusieurs ouvrages remarquables, entre autres un Traité du droit de dévolution, à propos de l'interprétation de l'art. 33 du traité des Pyrénées.

la majeure partie, des dispositions qui leur sont propres, mais on y rencontre aussi quelques dispositions conformes à celles des coutumes voisines.

C'est ainsi que la coutume de Hainaut, comme la majorité des coutumes de France, tend à favoriser les héritiers du sang et à assurer par tous les moyens la conservation des biens dans les familles. Pour obéir à cette tendance, la coutume de Hainaut suivait les règles admises dans la plupart des coutumes, et considérait la nature et l'origine des biens pour en régler la succession. Il y avait la succession des biens nobles, celle des alleux, celle des rotures, celle des acquêts et celle des diverses espèces de biens propres.

On peut même remarquer, à propos de cette dernière sorte de biens, que la coutume du Hainaut, au moins dans ses dispositions relatives aux bien non no blesse range au nombre des coutumes dites de côté et ligne (1), par opposition aux coutumes dites souchères, de tronc commun, ou de simple côté.

Or les coutumes de côté et ligne forment la majorité des coutumes de France.

(1) Nous aurons en effet l'occasion de voir au cours de notre étude que les biens propres roturiers passent au plus proche du côté et ligne d'ou ils proviennent sans qu'il soit besoin de rechercher s'il existe ou non des descendants ou des parents de celui qui le premier fit entrer le bien dans la famille.

Disons enfin que le droit romain était admis en Hainaut comme recours subsidiaire en cas d'obscurité ou d'absence de dispositions législatives.

Ce n'est plus discutable après les explications données par Boulé, (1) Raparlier, (2) Dumées, (3) Merlin, (4) Defacqz (5) auxquels nous renvoyons pour ne pas nous étendre sur ce point.

---

(1) Institution au droit coutumier du pays de Hainaut.
(2) Exposition de la lettre et de l'esprit des Chartes du Hainaut.
(3) Jurisprudence du Hainaut français.
(4) Répertoire V° Hainaut.
(5) Ancien droit belgique (t. 1. p. 181).

PREMIÈRE PARTIE

Règles communes aux successions aux biens nobles et roturiers

---

Le droit romain favorisait outre mesure les héritiers testamentaires, le droit des coutumes tend, au contraire, à leur préférer les héritiers ab intestat. La législation du Hainaut, sous ce rapport, ne diffère en rien de celle des pays voisins, nous l'avons déjà signalé. Comme les coutumes de la généralité des provinces, celles du Hainaut tendent à donner la prééminence aux héritiers du sang ; comme elles

3

aussi elles laissent subsister l'institution du testament à laquelle s'ajoute toutefois dans ce comté celle de l'advis de père et mère. Ces deux institutions permettent de remédier dans une certaine mesure aux inconvénients que pourrait présenter la dévolution légale.

Mais il importe de remarquer que les droits des héritiers du sang ne pouvaient être effacés par la dernière volonté du défunt car « l'institution d'héritier n'a pas lieu. »

Les héritiers naturels l'emportent tellement sur les autres que la faculté de disposer à leur préjudice est restreinte par la fixation d'une réserve et par le système des propres.

Aussi l'héritier institué par testament n'est qu'un légataire, de là l'axiome du moyen-âge : « Dieu seul peut faire un héritier. »

Quelles qualités sont requises pour succéder ?

On peut poser en principe que toute personne est capable de succéder si elle n'est exclue de la succession par une disposition spéciale de la coutume. La charte de Mons tranche à ce sujet une difficulté qui avait dû se présenter dans la pratique et décide formellement que « le lépreux succède comme autre personne et ses hoirs à lui. » (Ch. cxxxv).

L'exclusion est prononcée contre les bâtards par la

coutume de Mons (ch. i), et les chartes générales du
Hainaut (ch. 91, art. 2). Cependant la coutume de
Valenciennes admet les simples bâtards à la succession
de leur mère, en concurrence avec les enfants légitimes. (Valenciennes, art. 152). Cet article est
d'ailleurs la reproduction littérale du § 3, liv. 3, t. 4
des Instituts (de S.-C. Orphitiano) « novissime
» sciendum est, etiam illos liberos, qui vulgo quœsiti
» sunt ad matris hereditatem ex senatus consulto
» admitti. »

La même exclusion existe pour les religieux profès
(Ch. générales, ch. 90, art. ii), alors même que par
la suite ils seraient faits évêques, car du jour de leurs
vœux monastiques ils sont réputés morts civilement.
La coutume de Mons (Ch. ix, art. 4, 5) consacre
uu principe identique.

A ces deux incapacités il convient d'en ajouter une
autre édictée par une ordonnance du roi d'Espagne
du 29 novembre 1623. Celle-ci décidait « que les
« enfants de famille qui, n'ayant pas encore vingt-
« cinq ans accomplis, se marieraient contre le gré de
« leurs père et mère et tous autres mineurs qui con-
« tracteraient mariage sans le conseil, avis et consen-
« tement tant de.leurs proches parents que de leurs
« tuteurs, ceux qui les épouseront de quelque qualité
« ou condition qu'ils soient ne pourront recueillir un

« avantage quelconque, profit ou émolument par
« donation, testament ou succession. »

Cette ordonnance n'était pas la première faite dans
ce but prohibitif, une ordonnance de Charles-Quint
était déjà intervenue en 1540 sans résultat, elle
n'était pas assez rigoureuse (1). Celle de Philippe IV
ne fut pas non plus suffisante et Louis XV (édit de
Versailles, septembre 1742) régla à son tour la
question en ajoutant aux rigueurs déjà existantes que
les enfants de ces unions seraient incapables de
recueillir aucune succession.

En dehors de ces cas spéciaux d'incapacité, auxquels
il faut ajouter l'incapacité partielle des étrangers qui
ne succèdent qu'en payant le droit d'aubaine et celle
que prévoit au cas d'homicide l'article 6, ch. XI de la
charte de Mons dite préavisée, tout individu peut être
héritier. La seule condition requise de lui est qu'il soit
né ou tout au moins conçu au jour de l'ouverture de
la succession à laquelle il prétend, et qu'il soit né
viable.

Par application de ce principe, un arrêt du

---

(1) Voici les sanctions qu'elle édictait :
1° Elle défendait aux sujets d'assister aux mariages ainsi contractés.
2° Elle condamnait à une amende de 100 carolus d'or ceux qui
logeraient les époux.

Parlement de Flandre (1) tranche fort justement une
difficulté curieuse qui lui avait été soumise. Il décide que
pourvu que l'enfant soit né vivant et viable, il importe
peu qu'il ait été tiré par l'opération césarienne.
(Pinault Desjaunaux t. 2 arrêt 192).

Quelle est la situation de l'héritier habile à
succéder ?

Le plus proche héritier légitime est saisi de plein
droit, par le seul fait du décès, de l'hérédité du
défunt. Aucun acte de la part de celui-ci n'est nécessaire pour mettre son héritier en possession, tant celui
de la ligne directe que celui de la ligne collatérale. Il
a la saisine. C'est ce qu'exprime ainsi l'article 318
de la coutume de Paris « le mort saisit le vif son
hoir plus prochain et habile à lui succéder. » La
coutume de Mons (charte préavisée) s'exprime
identiquement « en ligne directe, le mort saisit le vif,
son plus prochain héritier habile à lui succéder »
« en ligne collatérale il en sera de même sauf en cas
de difficulté pour la proximité. »

---

(1) Nous citons ici un arrêt du Parlement de Flandre, plus loin on
nous verra citer ceux de Malines, Tournai, Mons, etc. Qu'est-ce à
dire? C'est qu'à part le chef-lieu de Mons dont le conseil était
souverain, les autres chefs-lieux ont successivement vu porter les
appels de leurs sentences a Malines ; puis en 1668 après la conquête
de Louis XIV à Tournai ; à Cambrai, lors de la prise de Tournai par
les coalisés en 1709 ; enfin à Douai où en 1715 siegeait le Parlement
de Flandre.

Les termes de l'article 122 de la coutume de Valenciennes constatent le même principe : « en matière de succession héritaire et mobiliaire des biens et héritages de mainfermes et rentes héritiaires estantes en ladite ville, banlieue et chef-lieu, le mort saisit le vif son vrai héritier habile à succéder en ligne directe tant descendante qu'ascendante sans pour ce faire claing ou relief »

Ce texte est d'une importance capitale. — Son dernier membre de phrase vient confirmer hautement l'opinion des juristes qui voient dans la saisine une théorie inventée pour réagir contre le principe de l'ensaisinement du seigneur et le paiement des droits fiscaux qui s'en suivait nécessairement.

La saisine n'a donc pas, comme on l'a prétendu, une origine germanique (1) ou romaine (2), elle n'a été créée que pour résister à la main-mise du seigneur.

Mais si tels sont sa raison d'être et son but, comment expliquer son existence dans la succession aux fiefs alors que les textes maintiennent en cette matière la perception du droit de relief ?

La vérité est que la saisine en matière de fief est envisagée sous un point de vue tout autre que celui auquel nous faisions allusion tout à l'heure.

---

(1) Glasson. — *Nouvelle Revue historique* 1892, p. 709.
(2) Dubois. — *Revue historique* 1880, p. 101.

La saisine destinée d'abord dans certains cas (coutume de Valenciennes) à assurer un moyen d'échapper aux exigences du seigneur revêtit aussi d'autres aspects sous lesquels elle présentait un intérêt qui, pour être secondaire, n'en était pas moins réel.

C'est ainsi que dès le XVIe siècle, la saisine sert à distinguer l'héritier du sang du légataire universel ; son effet essentiel est d'attribuer à l'héritier la possession des biens du défunt et ce sans aucune appréhension de fait « sine aliquo coactu etiam ficto ».

De même nos anciens auteurs firent découler de la maxime « le mort saisit le vif » ce principe que toute succession est transmise sitôt ouverte. L'institué peut mourir un instant de raison après le de cujus, il est saisi. On écartait ainsi le système jadis consacré à Rome qui distinguait les héritiers siens et les héritiers externes, et on arrivait aussi à cette conséquence que l'héritier était habile à succéder quelque fut son état.

C'est sous ces deux aspects que la saisine s'introduisit en matière de fief, il ne faut donc pas s'étonner de l'y trouver mentionnée, alors cependant qu'elle ne peut empêcher le paiement au seigneur du droit de relief.

L'héritier entre donc dans les droits et la possession du défunt « *vi ac potestate consuetudinis* ». Il suit de cette règle que l'héritier présomptif est saisi bien qu'absent, furieux, enfant ou ignorant la mort du de cujus. (Ferrière sur la coutume de Paris, art. 318 glose 1 n° 11). D'autre part si le plus proche parent du défunt, habile à succéder meurt avant d'avoir accepté la succession, il la transmet à son héritier, c'est ce que dit nettement Stokmans (décis. 131 n° 4).

A quel moment s'ouvre la succession ? Elle s'ouvre par la mort naturelle ou civile. La mort civile est encourue le jour de l'entrée en religion, en cas de mort naturelle le jour de l'ouverture n'est pas toujours aussi nettement déterminé, par exemple dans le cas d'absence.

La coutume de Valenciennes (art. 103) et la Charte générale du Hainaut (ch. 98 art. 8) disposaient qu'après sept ans d'absence, les parents de l'absent pouvaient demander la jouissance provisionnelle des biens. Ce principe était appliqué par un arrêt du Parlement de Flandre rapporté par Pinault-Desjaunaux tome 1 arrêt 37. On éprouvait un embarras analogue au cas de commorientes ; dans cette hypothèse on suivait en Hainaut les présomptions de survie du droit romain.

Lors de l'ouverture de la succession ainsi déterminée, l'héritier pouvait choisir entre deux partis :

accepter ou refuser la succession à laquelle il était appelé. Il n'y a pas en effet d'héritier nécessaire. Les enfants peuvent renoncer à la succession de leurs père et mère ou s'en abstenir afin de se décharger des dettes (ch. génér., ch. 123, art. 1) (placart de mars 1601, art. 11).

Il suit de là que la maxime « filius ergo heres » ne peut s'appliquer en Hainaut sauf si l'on prend heres dans le sens de successible. Ce sera dès lors aux créanciers qui voudront poursuivre l'héritier à prouver que celui-ci a agi en cette qualité (Stockmans décis. 131). Mais la coutume n'avait pas nettement fixé le laps de temps accordé à l'héritier pour délibérer.

Elle donnait, il est vrai, un délai de six mois pour ce faire, dans le cas où le parent le plus proche après lui l'obligeait à se déclarer (Ch. génér., chap. 123, art. 18), mais elle ajoutait que les juges pouvaient le modifier. Dès lors, suivant les circonstances, les juges accordaient à l'héritier un temps plus ou moins long car le délai expiré, l'héritier était censé renoncer à la succession. Aussi voyons-nous dans le recueil d'arrêts du Parlement de Flandre de Pinault-Des-jaunaux (t. 2, arr. 280) que la dame de Cruyshautem eût neuf mois pour délibérer sur la décision à prendre pour accepter ou répudier la succession de son frère alors que dans un arrêt rapporté par le même auteur (t. 1, arr. 39) la Cour ne donna que deux mois à des enfants pour se déclarer héritiers de leur père.

« Pour peu qu'une succession soit embarrassée, « les juges doivent accorder neuf mois de délibération « à l'héritier apparent et qu'on prétend devoir se « déclarer » dit encore un arrêt de la deuxième Chambre du Parlement de Tournai, rendu le 21 janvier 1700, rapporté lui aussi dans Pinault.

D'ailleurs, faute de poursuites, l'héritier présomptif gardait ses droits intacts pendant trente ans.

L'adition avait pour l'héritier des conséquences graves ; elle l'obligeait au paiement des dettes du défunt. Du jour de l'acceptation, les deux patrimoines de l'héritier et du défunt ne faisaient qu'un seul tout, si bien même qu'en Hainaut, tant sous l'empire des chartes générales que sous celui des chartes locales, les créanciers ne pouvaient user du privilège de la séparation des patrimoines. Ce privilège n'existait pas en Hainaut, un arrêt de 1672 rapporté dans Pollet, part. 3, art. 112, no 3, le prouve surabondamment.

L'héritier est donc tenu des dettes du défunt, il est en effet son successeur, il recueille ses droits, il doit aussi souffrir les obligations.

Ces obligations sont plus ou moins pénibles suivant

que l'héritier est un héritier aux meubles ou aux immeubles.

Toute personne capable de s'obliger pouvait aliéner ses meubles, il suit de là qu'elle peut les affecter à ses dettes conséquence nécessaire : l'héritier des meubles est tenu de toutes les dettes (ch. gén., ch. 123 art. 2.)

Le défunt est présumé, sans que la preuve contraire soit admise, les avoir affectés à ses dettes avant tous autres biens comme étant les moins considérés. De plus l'héritier n'avait pas son obligation limitée *intra vires hereditatis* car, outre les biens, il représente la personne du défunt (ch. 123 art. 2). Pour ce qui est des dettes réelles toutefois, il faut distinguer celles échues du vivant du de cujus de celles échues après sa mort. Pour les premières, l'héritier est tenu de les acquitter car le défunt avait profité des fruits du fonds sur lequel elles sont affectées, il en a grossi son hérédité mobilière, partant l'héritier qui recueille les meubles doit en être tenu Mais pour les secondes, l'héritier des meubles ne peut en être tenu car elles n'ont jamais été dues par le défunt et que l'héritier ne peut être tenu que dans la mesure ou l'était celui-ci.

Par rapport aux créanciers d'ailleurs, dans le Hainaut comme dans les coutumes voisines tous

héritiers, soit des meubles, soit des immeubles, qu'ils
soient fiefs, alleux ou censives sont obligés solidaire-
ment aux dettes du défunt.

L'héritier poursuivi a son recours contre ses
co-héritiers en proportion de leur part dans la
succession. Mais la division des dettes entre les
héritiers se faisait différemment selon la nature et la
qualité des biens recueillis.

Régulièrement, nous le répétons, l'héritier des
meubles était tenu de la totalité des dettes personnelles
et des frais de funérailles quelque peu importante que
soit sa part : « sera tenu celui qui appréhende tant
soit peu des meubles du défunt » dit la coutume de
Valenciennes (art. 160). Les biens immeubles
n'étaient sujets aux dettes que subsidiairement et
après discussion des meubles et des biens réputés
meubles. L'héritier des meubles soumis à toutes les
dettes personnelles était obligé de payer aux héritiers
des immeubles tout ce qu'ils avaient payé pour lui (ch.
générales ch. 123 art. 15).

Les chartes de Valenciennes (art. 160) et de Mons
(ch. 18 art. 1) en décidaient de même pour les
mainfermes.

Mais dans le chef-lieu de Valenciennes, si les
charges de l'hérédité tombent sur les héritiers des
meubles et se divisent entre eux, il y a une particu-

larité à signaler pour les meubles levés par droit de maisneté dont nous parlerons plus loin. Ces meubles ne sont sujets aux dettes que subsidiairement et en cas d'insuffisance des autres meubles (art. 157 ch. de Valenciennes).

En cas d'insuffisance des meubles d'ailleurs, nous le répétons, les créanciers pouvaient se pourvoir contre les héritiers des immeubles (art. 161).

Cependant il y avait une différence à faire suivant que les immeubles de la succession étaient fiefs, alleux ou mainfermes.

L'héritier des fiefs, ainsi que celui des alleux était soumis à toutes les dettes dans la mesure où ces biens étaient de libre disposition.

L'héritier des mainfermes, au contraire, n'était tenu que jusqu'à concurrence de la valeur des biens appréhendés « à l'advenant de sa part et portion » dit l'article 161 de la coutume de Valenciennes et le chapitre 18 article 1 de la charte préavisée.

C'est un successeur aux biens plus qu'un héritier, si donc un créancier usait de son droit de poursuivre les héritiers des immeubles, l'héritier des mainfermes invoquait son privilège et se déchargeait ainsi sur les autres pour le surplus de la dette.

Remarquons enfin que l'absence, déjà constatée, du bénéfice de la séparation des patrimoines permettait aux créanciers de poursuivre, dans la mesure où ils étaient tenus, les héritiers, non seulement sur les biens recueillis dans la succession, mais sur les biens propres, car les deux patrimoines du défunt et de l'héritier se trouvaient confondus.

Le principe de l'obligation aux dettes reste le même quand l'héritier est le seigneur haut justicier. Ainsi par exemple, le seigneur succède aux bâtards, et aux aubains en vertu des droits attachés à sa haute justice ; il est obligé aux dettes de la même manière que les héritiers ab intestat qu'il représente. (Ch. génér., ch. 124. art. 27, 28, 29).

Pour échapper à l'obligation du paiement des dettes l'édit perpétuel de 1611 (art. 30) confirmé par les chartes générales de 1619 donne le bénéfice d'inventaire.

Ce bénéfice permettait de n'être tenu des dettes que dans la mesure des biens recueillis, il était donc sans utilité pour les immeubles de mainferme.

A Valenciennes et à Mons ce bénéfice ne pouvait donc présenter d'utilité que pour les meubles, aussi est-ce dans cette mesure seulement qu'il se trouve consacré au xviie siècle par la charte dite préavisée. (Ch. XVIII, art. 3).

Pour obtenir ce bénéfice il fallait, avant d'appréhender l'hérédité, faire inventaire, après une autorisation de la cour, en présence de personnes à ce qualifiées, et déclarer que l'on ne se portait pas héritier pur et simple. Cette autorisation spéciale, obtenue par lettres de la chancellerie du Parlement, devait être demandée dans les quarante jours du trépas. L'héritier bénéficiaire n'était d'ailleurs pas vu défavorablement ; il n'était pas exclu par un héritier d'un degré subséquent se portant héritier pur et simple, au moins en ligne directe.

Ces principes successoraux se trouvaient parfois modifiés par le rapport, institution en vertu de laquelle certains donataires doivent, à moins de dispense expresse rapporter à la succession du donateur ce qu'ils ont reçu de celui-ci par donation entre vifs.

Le rapport tend donc à assurer l'égalité entre les héritiers. A ce titre on comprend que le rapport ait été admis par toutes les coutumes.

Celles du Hainaut, cependant, font exception ; l'article 107 de Valenciennes le repousse formellement, la coutume de Mons garde le silence sur ce point, ce qui équivaut à un rejet, de plus cette dernière repousse nettement ce qu'on peut appeler : l'apport des biens acquis par les enfants émancipés ce qui est une conséquence de la non existence du rapport (ch. 30 art. 1). Il fallait donc une clause expresse pour obliger au rapport, c'est ce qu'affirme un arrêt du Parlement de 1672 (Pollet, 2e partie, arrêt 24).

Toutefois il faut ajouter, pour être complet, que l'article 107 de la coutume de Valenciennes s'il repoussait le rapport décidait du moins que l'enfant devrait tenir compte de sa donation pour le calcul de sa légitime.

Si le désir d'assurer l'égalité est la raison d'être du rapport le retrait dont nous allons parler fait bon marché de l'équité pour arriver à ce but : assurer la conservation des biens dans la famille.

Le retrait lignager, auquel se bornera notre étude n'était pas à beaucoup près le seul connu dans l'ancien droit, mais notre étude ne peut comporter que son examen.

Ce retrait (1) pouvait s'exercer d'une part sur les fiefs et francs alleux, d'autre part sur les mainfermes.

Le chapitre 95 des chartes générales pose le principe admis pour la première catégorie de biens : le retrait ne peut s'exercer que, faute par le seigneur d'user du droit de retrait seigneurial, il ne peut s'exercer que pour les biens propres, il permet d'éviter que ces biens

---

(1) Ce retrait était appelé par les feudistes « jus conservatorium in familia » il était connu dans le liber feudorum et dans les chartes du Brabant de 1312.

ne sortent du côté et ligne dont ils proviennent. De là un principe que nous pouvons poser dès maintenant, tant pour les fiefs et alleux que pour les mainfermes susceptibles de retrait : « pas de retrait possible pour les acquêts ».

Pour l'exercice du retrait, la préférence est donnée aux parents les plus proches, le plus âgé est préféré au plus jeune, le mâle à la femelle.

Ces proches ont, pour se décider, un délai d'an et jour à dater de la vente, de l'échange ou de la donation, c'est dans ce délai qu'ils doivent faire offre du prix intégral et même opérer la consignation de cette somme ou du montant de la prisée faite au cas d'échange ou de donation. Ce délai court contre les absents et les mineurs car il est essentiellement nuisible aux intérêts du commerce.

Au cas de difficulté sur la somme ainsi fixée, le retrayant peut déférer le serment à l'acquéreur, mais, malgré ce serment, et ceci est particulier au Hainaut, le retrayant est admis à faire la preuve de son allégation.

Pour la deuxième catégorie de biens : les mainfermes, la charte de Valenciennes est muette, mais un arrêt du 23 février 1601 (1) décide que le retrait

---

(1) Cité par Britz. — Ancien droit Belgique.

doit être admis dans les coutumes muettes, il existait donc dans ce chef-lieu dans des conditions identiques à celles des autres biens. A Mons ce droit s'exerçait dans des conditions identiques à celles fixées par le chapitre 95 des chartes générales, (Mons, ch. 49).

Lorsque la succession dont nous avons étudié l'ouverture, l'acceptation, la répudiation se trouvait appartenir à plusieurs héritiers, il y avait lieu entre-eux de faire un partage

Or, pour le partage de la succession, on suivait en Hainaut les principes du droit romain. nul n'est tenu de rester dans l'indivision, sauf convention contraire. Lorsque parmi les héritiers, il y avait des mineurs ou des absents, ou lorsque les majeurs n'étaient pas d'accord entre eux, il fallait demander le partage en justice. (Mons, ch. 48) (Chimay, ch. 5, art. 1).

Contrairement au droit romain, on regardait le partage comme purement déclaratif.

La rescision pour lésion était admise, et on se rangeait à l'avis de la jurisprudence générale de France qui se contente d'une lésion du quart pour permettre l'action. Toutefois Dumées ferait croire le contraire, il espère, dit-il, qu'on se rangera en Hainaut à l'opinion générale de France sur ce point ; serait-ce donc qu'en Hainaut on exigeait alors une lésion d'outre-moitié ?

L'héritier, avons-nous dit, pouvait renoncer à la succession qui lui était offerte ; le droit du Hainaut le dit formellement. (Placart de mars 1601 et art. 11 du ch. 123 des ch. gén., et art. 1 du même chapitre).

Les créanciers pouvaient-ils attaquer une pareille renonciation—? Oui, dit Dumées, dans la crainte que l'héritier présomptif ne reçût une récompense de ses cohéritiers ou d'héritiers plus éloignés, et pour éviter une fraude de leur part. — Les créanciers pouvaient alors contraindre l'héritier à accepter la succession, à leurs risques et périls, ou se faire subroger dans ses droits.

DEUXIÈME PARTIE

———

Succession aux biens nobles

———

C'est en l'an **1200** qu'apparaît la première charte générale du Hainaut.

De ce jour, le droit des successions aux biens nobles, possède ses bases définitives.

Nous les retrouverons presque intactes dans les chartes postérieures

CHAPITRE Ier

—

Période antérieure à l'apparition de la Charte de 1619

—

En collationnant les principes posés par les chartes de 1200, de 1483 et de 1534, en s'aidant des lumières fournies par la *Somme rural* de Jehan Boutillier, dont l'œuvre a une réelle importance en matière de successions féodales, on peut poser les principes suivants :

L'ordre des successeurs est conforme au droit romain, mais l'égalité n'existe pas entre les enfants, elle est troublée par l'existence de deux priviléges : celui de masculinité et celui qui résulte du droit d'aînesse ; cependant, dans la succession aux alleux et aux acquêts de père et mère les filles succédaient comme les fils.

En effet Boutillier qui, dans son étude des successions dans le Hainaut, commence par affirmer

l'existence du principe des trois ordres de successeurs
que connaissait le droit romain, signale aussitôt
après les particularités qui distinguent notre droit,
c'est-à-dire : le principe de l'exclusion des filles par
les fils, poussé si loin qu'un fils d'un deuxième mariage
prime une fille du premier, et le privilège de l'aîné.
« S'ils sont plusieurs frères demeurant après le
» trépas du père, lors se partiraient de cette manière,
» c'est à savoir l'aîné hoir partirait premier et choisi-
» rait pour lui le meilleur fief. » (titre LXXVI).

Et plus loin « Si l'homme qui tient en fiefs a fille et
» point de fils, cette fille tiendra le fief. Si la pre-
» mière femme meurt et l'homme se remarie et de ce
» mariage ait un fils celui fils tiendra li fief non
» la fille. (titre LXXVIII).

C'est là la reproduction littérale du texte de la
charte de 1200 ; or le principe ainsi posé donnait
naissance dans la pratique à des difficultés d'interprétation que la charte de 1483 résolut heureusement.

Par exemple : de ce que le fils du deuxième
mariage excluait la fille du premier on concluait que
la fille ne devait pas plus succéder aux fiefs acquis par
ses père et mère pendant le mariage ou le veuvage
qu'à ceux venant du patrimoine du père. Cette solution
était contraire à l'esprit de la loi, la charte de 1483 y
porta remède. Elle décide que tout fief d'acquêt reçu

par le père ou la mère durant le premier mariage ou le veuvage de l'un d'eux va aux enfants du premier mariage, les filles pouvant les recueillir à défaut de fils.

De même la charte de 1200 passait sous silence la succession aux fiefs en cas de remariage, la charte de 1483 intervint ici encore pour la compléter et sa disposition est très importante : « un homme ou une « femme acquièrent des fiefs durant leur rema- « riage ou leur veuvage : s'ils ont des enfants, les « dits fiefs appartiennent aux enfants issus de ce « remariage c'est-à-dire aux fils et à leur défaut aux « filles. Si un de ces enfants meurt sans hoir de son « corps les frères et sœurs lui succèdent, mais ici les « filles succèdent comme les fils ».

On discutait aussi sous l'empire de la charte de 1200, la question de savoir si les fils primaient les filles dans la succession des francs-alleux en dehors de l'application du droit d'aînesse.

Ce n'est plus discutable après l'apparition de la charte de 1483 qui pose nettement le principe de l'égalité des enfants pour la succession aux alleux.

La charte de 1483 ayant résolu presque toutes les questions laissées douteuses par la charte de 1200 la charte de 1534 ne pouvait intervenir que pour donner une forme plus précise aux principes déjà posés et pour ainsi dire les moderniser. C'est en effet ce à quoi se réduit son rôle.

Ainsi l'existence du droit d'aînesse était implicitement reconnu par la charte de 1200 qui s'exprimait ainsi : « le premier fils ou fille » la charte de 1534 se contentera de l'affirmer dans les termes suivants « l'aîné l'emporte sur le maîné (ch. LXXVI).

D'ailleurs dans cet ordre de successeurs jamais la représentation n'a été admise : la charte de 1200 le dit en ces termes : « à la mort du père, le fief passe » au plus proche de ses enfants survivants, à l'exclu- » sion des petits enfants nés d'un fils ou d'une fille » prédécédée ».

« En Hainaut représentation n'a pas lieu » dit la charte de 1534.

A défaut de descendants viennent les ascendants au moins pour les meubles et acquets (autres que des fiefs) car « propres et fiefs ne remontent ». — C'est ce que constate formellement Boutillier.

A défaut de descendants et d'ascendants les acquets et meubles vont aux collatéraux ; quant aux propres, à défaut de descendants, ils vont aux plus prochains hoirs du lit et côté, les ascendants peuvent donc concourir avec les frères et sœurs d'une autre ligue ou un collatéral plus éloigné en degré

« Item si l'homme tenant en fief meurt sans

» hoir de son propre corps la succession de son fief
» viendra au plus prochain hoir du lez et côte de
» luy et dont ledit fief descendait », dit Boutillier.

A défaut de parents dans une ligne, les biens
passent-ils à l'autre ligne ou au seigneur ? Charen-
das nous apprend que ce lut fort discuté, sans nous
donner la solution admise en pratique.

Les droits du conjoint sur la succession du trépassé
sont régis ainsi qu'il suit par la charte de 1200.

» Se home sans hoir de se propre cors muert se
» femme et fiès de celui ou es allues ki de part
» lomms de droit hiretaule seront venus nient i
» reteura fors tant seulement le doaire et les meules
» en la terre cultive en celui an — » C'est à dire :
si un homme meurt sans hoir de son corps, la femme
ne retiendra rien des fiefs et alleux qui seront adven-
nus au mari par droit héréditaire si ce n'est le douaire
et les meubles en la terre cultivable durant l'an du
décés. Quelques lignes plus loin elle donne à la
femme la jouissance de la moitié des revenus du fief
acquis en commun par les époux, si le mari meurt
sans postérité.

Les « coutumes du pays de Vermandois » de 1448,
édition Beautemps-Beaupré, § 142, reproduisent
le principe en ces termes : « En pays d'Arthoys,
Haynault et de Cambresis, se le mary constant son

mariage acqueste aulcuns fiefz situez en aucun des
dits pays, la fame n'y aurait quelque droit en la
propriété, mais seulement y auroit si elle survivait
son mary la moitié des prouffictz sa vie durant et en
demeureroit ledict acquesteur héritier et propriétaire
luy et ses hoirs pour le tout. »

Enfin Boutellier s'exprime ainsi : « Item si l'homme
« meurt sans hoir du mariage issu, la veuve qui
« de lui demeure n'a rien es fiefs ni es terres d'aluex
« qui de par homme viennent, sinon son douaire tant
« seulement et le meuble ès terres ahannables l'an que
« son dit mari sera mort. »

A côté de ces successeurs que nous avons ainsi
successivement énumérés n'y en avait-il point d'autres?
N'avons-nous pas à parler des successeurs illégitimes,
non, car dit Boutellier « à l'illégitime rien ne peut
» échoir. »

Parmi les héritiers auxquels était dévolu le patrimoine du défunt, qui supportait le fardeau des
dettes ?

La charte de 1534 pose la première le principe du
paiement des dettes par l'héritier des meubles, et se
contente de le poser; ce principe devait exister depuis
longtemps déjà dans la pratique avant d'être ainsi
formellement reconnu car les coutumes de Vermandois
de 1448 (édition Beautemps Beaupré) signalent son

existence en Hainaut. « Pareillement en Flandre et en Hainaut, qui prend les meubles est tenu des dettes » (parag. 138 et 343)

Toutes les règles dont nous avons parlé jusqu'ici se trouvent elles modifiées lorsque la succession à partager est celle d'un bâtard ou d'un aubain ?

La charte de 1524 réglemente ce point pour la première fois. — Elle semble d'ailleurs nier l'existence de tout droit de propriété au profit du bâtard. En effet ses meubles passent lors de son décés au seigneur haut justicier sauf réserve de la moitié si le bâtard était marié, et ses immeubles fiefs ou alleux ont une destinée analogue.

Toutefois le majeur ne recueille que la moitié des biens de mainferme le reste passant à la femme ou aux hoirs du bâtard.

La charte ajoutait d'ailleurs, disposition sans intérêt en pratique, que le seigneur pouvait affranchir son vassal de ces obligations.

Pour les aubains, le principe est sensiblement le même. — Au cas de mort sans enfants, le seigneur recueille tous les biens, mais grevés des dettes ; s'il y a mariage et enfants de ce mariage, le seigneur n'a que la moitié des biens et la moitié des dettes.

Cette législation était, on le voit, assez imparfaite et appelait des modifications aussi dès la fin du XVIe

siècle songe-t-on à créer une nouvelle charte dont les dispositions plus générales et mieux rédigées furent en harmonie avec les progrès de la société qu'elles devaient régir. Ces efforts aboutirent en 1619, date de l'apparition de la charte dont nous allons entreprendre l'étude détaillée.

Nous distinguerons avec elle la succession des fiefs de celle des alleux.

CHAPITRE II

—

Charte générale de 1619

—

Titre I. — Fiefs

A. *Caractères distinctifs.* — A la différence des alleux et mainfermes qui se divisent, les fiefs sont indivisibles, c'est-à-dire, que si, dans une succession, il ne se trouve qu'un fief, il ne se partage pas entre les héritiers ; l'aîné seul y succède. Ainsi l'aîné l'emporte sur le cadet, le mâle l'emporte aussi sur la femelle (Hainaut ch. 90, art. 4). C'est là une conséquence de l'obligation au service militaire dont étaient tenus primitivement les détenteurs de fiefs.

A défaut de mâle, les filles pouvaient cependant succéder (ch. 90, art. 7).

L'aîné, avons-nous dit, l'emporte sur le maîné. Mais qui est l'aîné?

Dumoulin le définit ainsi : « *primogenitus ante quem memo natus est, sive alius post eum natus sit. vel non* ». L'aîné d'ailleurs doit être l'aîné des mâles et l'aîné des mâles lors du décès. Ce droit d'aînesse que nous venons de reconnaître ainsi au mâle le plus

âgé ne s'exerce que sur les biens féodaux, c'est-à-
dire : les fiefs ou francs-alleux nobles.

Nous verrons qu'il existe pour les biens de roture,
dans la coutume de Valenciennes, un privilège tout-
à-fait contraire connu sous le nom de droit de
maîneté.

Si le défunt laisse plusieurs fiefs, ses enfants au
même degré y succèdent par choix, c'est-à-dire que
l'aîné prend le fief le plus considérable et que les
autres viennent ensuite (art. 7). Ce choix d'ailleurs
n'a pas lieu seulement entre héritiers du premier
degré ; il est d'usage à tous les degrés (art. 8).

Enfin, dernière remarque : la représentation n'a
pas lieu en matière de fief, cela, tant dans la ligne
directe que dans la ligne collatérale. (Ch. 90, art. 5).

B. *Succession en ligne directe, 1° descendants.* —
Tant qu'il y a des descendants, les ascendants ne
peuvent succéder (ch. 91, art. 1). C'est ce que Dumées (1)
explique ainsi, très ingénuement : « la vie est un don
« qui rend nécessaires les biens temporels, dès lors,
« il est naturel que les biens, qui sont un accessoire
« de la vie passent avec elle des parents aux enfants ».

Le principe successoral étant d'ailleurs variable
suivant que le fief à partager est propre, acquêt ou

---

(1) Jurisprudence du Hainaut français, IIe partie, titre XIII,
sect. 2, art. 1.

réputé tel, il convient d'examiner ces différentes hypothèses.

Le fief propre ou patrimonial échet aux mâles, à leur défaut aux femelles ; les enfants mâles d'un deuxième mariage excluant les filles du premier (ch. 91, art. 2). Au contraire pour les fiefs acquêts ou réputés tels, les enfants issus du mariage pendant lequel il est échu ou a été acquis peuvent seuls y prétendre, fussent-ils du sexe féminin (ch. 91, art. 3, ch. 92, art. 7). « Les conjoints ayant également contribué par leur économie respective à faire ces acquisitions, il est juste que leurs enfants communs y succèdent ». Cette explication de Dumées, qui pourrait, à la rigueur, suffire pour expliquer la dévolution des acquêts tels par nature, est absolument insuffisante en ce qui concerne les acquêts qui ne doivent cette qualité qu'à une fiction de la loi, autrement dit, ceux qui proviennent de succession collatérale. Inutile d'ailleurs d'insister sur ce point, passons à une hypothèse plus délicate dont la solution se trouve fort heureusement donnée par la charte : un fief est acquis pendant un deuxième mariage resté infécond, il existe une fille du premier mariage et un fils du troisième. Qui succédera ? C'est le fils, dit l'article 5 du chapitre 91, car le principe de droit commun est l'exclusion des femelles.

Pour en terminer avec la succession en ligne directe descendante nous examinerons une institution dont l'existence a été fort contestée en Hainaut : la légitime.

Sa place est naturellement marquée ici, car, en pays coutumier, la légitime n'était pas admise en ligne ascendante.

La légitime de droit est une portion de la succession que la loi réserve à certains héritiers dits légitimaires et dont le défunt ne pouvait disposer ni par testament (ou donation à cause de mort) ni par donation entre vifs.

La plupart des coutumes font expressement allusion à ce privilège ; les chartes générales du Hainaut restent muettes.

Qu'en conclure ?

Boulé, (Institution au droit coutumier p. 203 et s.) reprenant l'avis de Stockmans. (Decisiones Brabantiæ, décis. 3), admet son existence en Hainaut, sans toutefois donner la raison du silence gardé par les chartes. On peut, il est vrai, appuyer son opinion sur l'esprit des chartes de Valenciennes (1) et la disposition de

_____

(1) La charte de Valenciennes dans son principe assure l'égalité entre les enfants, on ne peut donc être taxé d'erreur en soutenant qu'il ressort de l'esprit de cette charte à défaut de texte que la légitime devait être admise dans ce chef-lieu.

la charte de Chimay au chap. 2, article 7 (1). On peut
encore voir une confirmation de cette opinion dans ce
fait que les chartes générales donnent à l'enfant la
querelle d'inofficiosité au cas de prétérition entière de
la part des parents ; or qu'est cela, sinon la reconnaissance implicite de cette institution ?

Le principe admis, nous devons rechercher qui
avait droit à cette légitime, quelle était sa quotité,
comment enfin, en pratique fonctionnait cette institution.

Seuls les enfants peuvent y prétendre, mais tous les
enfants jouissent de cette prérogative. Cela ressort de
l'esprit de chartes générales et du texte même de la
coutume de Chimay.

La quotité de ce droit varie suivant le nombre des
enfants ; elle est du tiers de ce que l'enfant aurait
recueilli ab intestat s'il y a quatre enfants ou un
plus petit nombre, de la moitié s'il y a plus de
quatre enfants. On remarquera que ces chiffres sont
ceux donnés par la Novelle 18 chap. 1.

Il va sans dire que la légitime étant une portion
de biens que la loi réserve expressément aux enfants
pour assurer leur avenir, il ne peut être question de

---

(1) Chimay. ch. 2 art. 7.
... Sauf aux enfants à réclamer leur légitime es biens de leurs
père et mère telle que le droit écrit leur donne ».

lui faire subir une diminution quelconque par suite
de charges qu'on voudrait lui faire supporter. La
légitime doit leur parvenir intacte.

Bien plus la légitime ne porte pas seulement sur les
biens qui composent l'hérédité du père et de la mère,
mais aussi sur les biens dont ils pouvaient avoir
disposé par des donations entre vifs à leurs enfants
ou à d'autres personnes ou enfin dont ils s'étaient
dépossédés pour constituer des dots à leur fille.

Ceci est nettement exprimé en ce qui concerne la
donation par l'article 34 de l'ordonnance de 1731 et
pour la dot par l'article 35 de la même ordonnance.

Quelques questions se présentent alors à l'esprit
dont la solution devait soulever quelques difficultés
en pratique.

D'abord, les enfants devaient-ils imputer sur leur
légitime ce qui leur est advenu de leurs parents
ab intestat.

Boulé, (1) qui se pose la question y fait une réponse
affirmative, car, dit-il, tout ce qu'ils recueillent
de leurs parents « fait partie de leur substance » et,
par conséquent doit venir en ligne de compte pour le
calcul de ce que ceux-ci doivent, de par la loi, assurer
à leurs descendants. La solution est très juste. La loi

---

(1) Institution au droit coutumier de Hainaut livre 1. t. 6 p. 3
quest. 4.

en instituant la légitime a voulu prévenir la misère des enfants et empêcher que ceux-ci ne viennent à manquer de l'indispensable si les parents les privaient de leur part de succession ab intestat. Cette raison d'être n'existe plus lorsque l'enfant recueille une portion de cette succession — cessante ratione legis, cessat lex.

Mais faudrait-il se décider dans le même sens pour les aliments et présents que les parents ont pu donner durant leur vie à leurs enfants?

Non, dit très justement Boulé, et cela par la raison même qui nous a entraîné pour la solution de la question précédente. — On ne saurait tenir compte de ces dons pour le calcul de la légitime, car c'est une obligation pour les parents d'entretenir et d'élever leurs enfants ; les frais faits dans ce but ne sauraient donc s'imputer sur la légitime.

Comment calculait-on la légitime ?

On ne trouve, à ce sujet, aucun renseignement ni dans les coutumes, ni dans leurs commentateurs, Boulé lui-même reste silencieux. Cependant il est un point nettement mis en lumière: celui de savoir si les enfants exhérédés devaient être compris dans le calcul de la légitime.

Voët (ad. D., liv. v., t. iii, n° 49), ne les exclue pas plus que les enfants qui entrent en religion avant la mort de leurs parents ; et la généralité des auteurs se rangent à cette opinion. (Deghewiet, 2-4-8 — Boulé, 1-6-3). Contre qui poursuivait-on le paiement de la légitime? Contre les autres enfants, mais peut-on poursuivre les légataires ?

Boutillier se posait déjà la question au xv⁰ siècle. Pour nous, la coutume étant muette, il faut suivre les principes du droit romain.

2° *Ascendants.* — A défaut de descendants, les ascendants succèdent, mais à quelles conditions ?

Il importe de distinguer suivant que le fief constitue un propre ou un acquêt.

S'il est propre, les ascendants ne peuvent y prétendre ; « propre ne remonte point » est un axiome qu'on ne saurait discuter *(ch. 92, art. 2)*.

Qu'arrive-t-il alors ? « Les fiefs de patrimoine d'homme ou de la femme décédant sans génération, retournent au côté dont ils seront venus. » Les frères et sœurs sont préférés aux ascendants. *(ch. 92, art. 4)*

Au contraire, s'il s'agit d'un acquêt, par application de la règle « paterna paternis, materna maternis » l'ascendant peut succéder dans sa ligne, de préférence même aux collatéraux *(art. 1)*.

Cependant, un arrêt de Malines du 18 mai 1622, rapporté par Cuvelier, lettre F, *verbo* « fiefs » semble indiquer que le contraire était admis en pratique : les

collatéraux étaient préférés aux ascendants, et ce,
pour assurer l'exécution de la règle « fief ne remonte »
dans la question soumise au Grand Conseil de Malines,
il s'agissait de savoir si les fiefs donnés par un père
à sa fille unique devaient retourner à celui-ci ou passer
aux collatéraux en cas de mort de la fille sans descendants. Le Conseil trancha la difficulté en faveur des
collatéraux.

C. *Succession en ligne collatérale.* — Parmi les collatéraux, les frères et sœurs de la personne qui décède
sans laisser ni descendants ni ascendants, sont les
premiers appelés à succéder : à leur défaut viennent
les oncles et tantes (ch. 92, art. 4.). Toutefois cet
article 4 fait remarquer que les neveux passent avant
les oncles. Après l'oncle, vient le cousin germain,
puis les autres collatéraux.

Cependant, le principe ainsi posé s'applique un
peu différemment suivant que le fief délaissé est un
propre ou un acquêt.

S'il est propre, il passe au plus proche parent du
côté dont il vient ; le propre paternel à l'aîné des
héritiers paternels, le propre maternel à l'aîné des
héritiers maternels (chap. 92, art 2).

Cette règle n'est autre que la règle générale :
paterna paternis, materna maternis adoptée par la
plupart des coutumes, avec cette observation que le

demi-frère l'emporte sur la sœur germaine, que la demi-sœur l'emporte sur la sœur moins âgée (art. 4).

La même règle s'observe pour la succession d'oncle et tante; de telle sorte que les neveux et nièces, enfants de frères et sœurs germains voient leurs droits réglés comme il est dit ci-dessus.

Si le fief est un acquêt, il va au plus proche parent de l'acquéreur (art. 3) en tenant compte du sexe et de l'âge, mais il faut remarquer que si, pour recueillir un propre, la proximité lignagère suffit, pour la succession aux acquêts, on applique le principe « du double lien » (ch. 92 art. 6). On entend par là que les frères germains, nés d'un même père et d'une même mère, l'emportent sur les consanguins et utérins, de même qu'à défaut de frère, les sœurs germaines l'emportent sur les autres.

Enfin, s'il ne reste ni frère ni sœur du défunt, le neveu, enfant d'un frère germain sera préféré au neveu descendant d'un frère consanguin ou utérin, et ceci pourrait se répéter pour la nièce, fille d'un frère germain (art. 6).

La coutume est très nette sur ce point, on comprend donc difficilement l'erreur que nous avons relevée dans Dumées (1) à ce sujet.

Cet auteur, en dépit des textes, étend le privilège

(1) Jurisprudence du Hainaut français, t. XIII, sect. III, art. 3 et 4.

du double lien à la succession des propres, méprisant aussi les textes les plus formels du chapitre 92 !

Peut-être pourrait-on expliquer l'erreur de l'éminent jurisconsulte par une fausse interprétation de l'art. 5. Il aura cru voir dans ce texte « pour fief patrimonial, en droit les neveux et nièces, enfants de frères ou sœurs germains et demi-neveu et demi-nièce, enfants de demi-frère ou demi-sœur » la reconnaissance du privilège du double lien dans la succession aux propres, alors que dans la réalité cet article 5 se référait aux autres textes du même chapitre qui excluent formellement le double lien pour la succession aux propres.

Quoiqu'il en soit l'erreur existe, et il convenait de la signaler.

Ces principes successoraux restaient-ils toujours immuables ? N'étaient-ils pas altérés par l'admission de la représentation.

D. *Du principe de la représentation en matière féodale*. — La représentation est une fiction de la loi qui permet à une personne de succéder, en prenant la place d'une autre. Cette fiction de la loi se trouve admise dans nombre de coutumes, au moins pour la succession en ligne directe ; elle se trouve même parfois autorisée dans la plus large mesure : in infinitum, et ce même en ligne collatérale.

Elle existe encore aujourd'hui, mais réduite à de justes limites, dans notre droit civil actuel. Basée sur l'affection présumée du défunt, cette institution permet au fils de recueillir au nom de son père une succession à laquelle la mort empêche celui-ci de prétendre, c'est donc faire œuvre d'équité et de justice que de la consacrer.

Néanmoins, elle était complètement inconnue en Hainaut pour la succession des fiefs (ch. 90, art 5). « Les enfants du deuxième mariage ou des unions » subséquentes succèdent aux fiefs patrimoniaux de » leur père ou mère en excluant les descendants de » frère et sœur d'un mariage précédent. »

Nons.aurons donc tout dit sur la représentation en matière de fief, en n'en disant rien.

Cependant, l'article 6 réservait le cas où la représentation aurait été admise par advis de père et mère.

Qu'était cette institution dont nous sommes pour la première fois appelés à prononcer le nom, mais dont nous aurons l'occasion de reparler souvent dans la suite ?

Cette curieuse institution, dont le rôle fut considérable permettait de remédier aux rigueurs excessives des règles posées en matière de succession et de rétablir l'égalité dans la famille, entre tous les enfants, quelque fut leur sexe et leur âge.

L'advis, en effet, était un partage fait de leur vivant par les père et mère entre leurs enfants, il était conjonctif s'il était fait par les père et mère de concert, viduel s'il était fait par le survivant des conjoints sur les biens dont il pouvait disposer. La forme de l'advis était la même que celle du testament ; l'advis comme le testament était révocable.

Toutefois, il ne faut rien exagérer, leur ressemblance n'est pas complète, l'advis est une institution distincte du testament et ne se confond pas avec lui. L'advis, à la différence du testament, requiert l'adjonction et le conseil de deux parents ou amis des advisants ; il a pour objet les fiefs et autres immeubles du Hainaut, au lieu que le testament, au moins sous l'empire des chartes générales et c'est d'après elle que nous faisons cette étude, ne peut comprendre que les meubles et actions mobilières. — Le testament était toujours révocable, l'advis pouvait être irrévocable.

Enfin si le testament, dont le but est souvent de frustrer les héritiers légaux, était en somme jugé défavorablement, l'advis, au contraire, jouissait de la faveur la plus grande, car son but à lui, était de prévenir les haines et les jalousies.

Il est aisé de se rendre compte du rôle considérable que joua l'advis en matière de succession, il suffit pour cela de citer quelques-unes de ses applications.

Grâce à lui on peut empêcher l'exclusion des femelles par les mâles et des puinés par l'aîné ; introduire la représentation en matière de fief ; faire succéder les filles du premier mariage même s'il y a des fils d'un deuxième lit. Ces quelques exemples peuvent suffire, je pense ; nous nous dispenserons donc de nous étendre sur ce sujet qui mériterait à lui seul une étude spéciale.

A côté de ces principes qui régissent les successions dites légitimes, nous devons placer ceux qui se réfèrent aux successions illégitimes.

Nous nous bornerons à ce sujet à ajouter quelques observations aux remarques déjà présentées par nous dans notre aperçu général sur les successions.

E. *Successions irrégulières.* — Nous parlerons uniquement de la succession aux enfants illégitimes.

Lorsque l'enfant naturel décédait *ab intestat* sans enfants légitimes, ni femme légitime, le seigneur recueillait les meubles et les acquêts ; les propres de l'enfant naturel retournaient au lit et côté dont ils provenaient.

Si l'enfant naturel laissait une femme et pas d'enfants, celle-ci avait la moitié des meubles, la moitié des mainfermes en propre, la moitié des fiefs en usufruit et l'usufruit des alleux conquêts. Pour les alleux acquis avant le mariage, le seigneur excluait la femme (1).

Enfin, pour les droits des ascendants, la coutume et la jurisprudence avaient établi une juste réciprocité : dans le cas où ces enfants succédaient à leurs parents maternels ceux-ci étaient habiles à succéder aux bâtards morts sans postérité — (Stockmans, décision 67).

F. — *Conjoint survivant.* — Reste un dernier successeur possible et dont nous n'avons pas parlé : le conjoint survivant.

Ce n'est pas à proprement parler un héritier, il ne recueille rien en pleine propriété, son droit se borne à réclamer un usufruit. Il est néanmoins intéressant de rechercher la quotité de ce droit, nous le ferons très rapidement.

S'il existe des enfants, la part du conjoint survivant est la suivante : sur les fiefs, il a un usufruit portant sur la moitié des biens, sur les alleux, il a l'usufruit des alleux propres et conquêts, et si le survivant est le mari, il a par extraordinaire, la propriété de tous les francs alleux.

S'il n'y avait pas d'enfants du mariage, le conjoint avait : la jouissance des terres labourables et des fiefs

(1) Voir : Chartes générales, ch. CXXVI, art. 2, 4, 6, 7, 12 — ch. XCII, art. 1-3 — ch. CV, art. 1, 4, 6 — ch. XXXII, art. 1 — Boulé, Institution au droit coutumier du Hainaut—1re partie, quest. 3, page 27.

propres durant l'année du décès, ainsi que la liberté
de demeurer quarante jours dans la maison mortuaire.
La veuve avait aussi l'usufruit viager de tous les
alleux acquis par son mari durant le mariage; la propriété de ces biens passant aux héritiers du mari,
(ch. générales, ch. xxxiii, art. 4, ch. xxxiv, art. 13).

Notons, en passant, que pour recueillir ces droits,
le survivant des époux n'avait pas à faire inventaire
ni à donner caution.

G. *Succession aux absents.* — Nous avons toujours
jusqu'ici supposé que l'héritier appelé à la succession
était dans la possibilité de la recueillir par suite de sa
présence au lieu de l'ouverture de la succession.

Qu'arrivait-il dans le cas contraire ?

Lorsque la renommée a répandu le bruit qu'une
personne est décédée en pays étranger, il est juste
que les biens par elle délaissés soient administrés, et
qu'en cas de retour cette personne puisse en retrouver
les fruits. C'est pour cela que le chapitre 98 des
chartes générales décide que le plus proche héritier
de l'absent peut appréhender lesdits biens et en
jouir moyennant caution, sans avoir pour cela à
prouver la mort, et que, s'il prouve la mort de
l'absent, il doit être déchargé de toute caution, sauf
le cas de discussion au sujet de cette preuve.

Il en est de même lorsqu'une personne s'absente

durant trois ans; son plus proche héritier peut appréhender ses fiefs ou alleux en donnant caution, sans
être obligé de prouver son absence de trois ans, à
moins toutefois qu'il ne s'élève quelque difficulté sur
ce point.

Dans les deux cas précités, l'héritier présomptif
présente sa requête aux juges royaux, et si aucun
parent ou créancier n'y fait opposition, les juges, sur
cette simple requête admettent ses conclusions moyennant caution. Si les parents ou créanciers s'opposent
à cette mise en possession, l'héritier sera obligé de
prouver la mort ou l'absence de celui dont il réclame
les biens

C'est au dernier domicile du mort ou de l'absent
qu'on se réfère pour fixer les règles applicables aux
biens délaissés.

D'ailleurs, il faut faire une différence entre la
mort et l'absence pour l'ouverture des droits de
l'héritier. Au cas de mort la succession s'ouvre au
jour même du décès; au cas d'absence, elle s'ouvre à
l'expiration des trois années qui suivent le jour où
l'absence a été connue par la renommée.

Pour justifier la mort, au cas où il y aurait discussion à ce sujet, il faut, nous dit Dumées (Jurisprudence du Hainaut français, titre XIII, art. 3) « un
extrait mortuaire en dûe forme donné par le curé du

lieu, ou l'aumônier d'un hôpital, visé et légalisé ».
Toutefois, au cas de mort pendant une expédition
militaire, la commune renommée suffit. (ch. génér.
art. 5.)

C'est, avons-nous dit, le plus prochain héritier qui
a la préférence; si donc il avait été devancé par un
autre parent, il peut réclamer, et après avoir prouvé
sa proximité, il pourra, pour se faire envoyer en possession, profiter de la preuve de la mort ou de
l'absence qui aura été apportée par le possesseur
actuel. Mais à ce principe, il faut immédiatement
apporter un correctif : celui des parents auquel a été
accordée la possession des biens du décédé ou de
l'absent ne peut plus être dépossédé après une possession paisible de vingt-et-un ans, toutefois cette
prescription ne court pas contre l'absent qui peut en
tout temps réclamer ses biens.

De plus, la dépossession du parent contre lequel a
été intentée une semblable action n'a pas d'effet
rétroactif, elle n'a lieu qu'à partir de la plainte. Enfin,
dans un cas particulier, celui où les fruits ont été
perçus par les père et mère de l'absent, non seulement
les fruits ne sont dûs que du jour de la réclamation,
mais il faut encore, dans ce cas, que l'absence ait
duré sept ans.

Titre II. — Alleux

A. *Caractères distinctifs.* — L'alleu est un bien immobilier qui ne reconnaît aucun seigneur direct et qui par suite n'est soumis à aucune prestation ni noble ni roturière.

Il y a des alleux nobles et des alleux roturiers. D'abord, disons-nous, il y a des alleux nobles: nous n'entendons pas dire par là que celui qui possède une terre allodiale de cette catégorie soit par là anobli ipso facto. Un alleu est noble lorsque celui qui le possède a sur cette terre le droit de haute justice. Ce droit de haute justice ainsi attaché à la terre semble alors l'anoblir et la distinguer des autres alleux appelés pour cela roturiers.

Sur ces derniers, en effet, le propriétaire ne peut exercer aucun droit de haute justice, mais il est néanmoins maître sur sa terre, car il ne la tient de personne.

C'est de l'alleu noble, uniquement, que parle l'article 3 du chapitre 105 des chartes générales,

lorsqu'il nous dit qu'en toute succession d'alleu, soit
en ligne directe ou collatérale, les filles ont une part
égale à celle des fils, réserve faite toutefois du droit
de haute justice et ses émoluments, ainsi que de la
forteresse et de la maison seigneuriale qui vont
exclusivement à l'aîné des enfants, fut-il mâle ou
femelle.

L'article 2 du même chapitre, prévoyant le cas de
succession à un alleu roturier, suppose un partage
égal entre tous.

Et en effet, c'est là le caractère de l'alleu, il se
partage également entre ceux qui doivent y succéder.
Sauf le préciput dont nous avons parlé plus haut, il
n'y a pas de droit d'aînesse, les cadets succèdent avec
leur aîné. Enfin, le sexe importe peu, la fille succède
comme le fils, en un mot, il y a égalité parfaite entre
les enfants.

B. — *Succession en ligne directe.* — *Descendante.*
— Nous répéterons ce que nous avons déjà dit pour
les fiefs : les descendants priment tous autres successeurs et pour déterminer leurs droits successoraux il
faut distinguer les alleux propres et les alleux acquêts.

La première espèce d'alleux comprend ceux qui
appartenaient au défunt en propre ou qui lui sont
advenus par succession de ses père et mère ou autres
parents en ligne ascendante. La deuxième au con-

6

traire, comprend ceux que le défunt a acquis de ses deniers ou qui lui sont advenus par succession collatérale.

Pour les propres, les enfants du premier lit y succèdent seuls, rappelons à ce sujet qne les filles ont une part égale à celle des fils. Les enfants issus de mariages subséquents ne peuvent rien prétendre sur ces biens, tant qu'il y a génération du premier mariage.

Les acquêts se partagent également entre tous les enfants du mariage durant lequel ils sont advenus (art. 4, ch. 105). Ceux qui ont été acquis avant le mariage se partagent entre les enfants de tous les lits.

Ligne directe ascendante. — Les ascendants succèdent, par égale portion, aux acquêts délaissés par leurs enfants morts sans génération ; mais pour les propres le principe général s'applique : « les propres ne remontent ». Les ascendants peuvent même, pour cette sorte de biens, être primés par les collatéraux ainsi que nous le verrons plus loin.

C. *Ligne collatérale.*— Après les descendants, et, s'il y a lieu les ascendants, viennent les collatéraux Ils succèdent selon leur degré de proximité, le plus proche excluant le plus éloigné.

Là encore les filles succèdent comme les fils — Toutefois une différence notable existe entre cet ordre de successeurs et celui de la succession en ligne directe descendante, en ligne collatérale il n'y a pas de représentation.

D. *Représentation.* — A la différence de ce qui se passe en matière de fiefs, la représentation est admise en matière d'alleux, au moins pour la succession en ligne directe descendante (ch. 105, art. 5). C'est donc là une nouvelle caractéristique de l'alleu.

Les enfants représentent leur père ou mère et succèdent avec leurs oncles et tantes par estoc ou par tête s'ils succèdent au même degré. Ce principe de la représentation est si fortement établi que la génération des enfants décédés du premier lit exclut les enfants d'un autre mariage, fussent-ils d'un degré antérieur.

Faisons remarquer à la fin de notre étude sur les successions aux biens nobles, combien nous avions raison de dire que la charte de l'an 1200, marquait une date réellement mémorable dans l'histoire du Hainaut.

Nous retrouvons en effet, à peine modifiés dans la charte de 1619, les principes dont nous avons déjà relevé l'existence en l'an 1200. Cela est si vrai que sur nombre de points notre étude de la charte de 1619 peut paraître une répétition de celle que nous avons faite à propos de la charte de 1200. Cela ne fait-il pas ressortir à l'évidence mieux que tout ce que nous pourrions dire l'identité presque complète, pour nombre de points, de ces deux chartes.

Quant à la raison de cette immuabilité relative, nous ne la rechercherons pas ici, nous réservant d'examiner ce point au début de notre étude, sur les successions non nobles.

TROISIÈME PARTIE

Succession aux biens non nobles

Nous entamons ici le chapitre certes le plus intéressant de notre sujet. Nous abordons, en effet, l'étude du droit Hennuyer dans ses différentes coutumes locales au xve xvie et xviie siècle, c'est-à-dire la partie en réalité la plus vivante du droit du Hainaut.

Le droit des successions nobles, en somme, a peu varié, il est en quelque sorte resté figé pendant des siècles, recevant à peine de temps à autre une légère modification.

A partir du XIIIe siècle le droit des successions nobles peut être comparé à une maison dont la charpente resterait à peu près identique à elle-même, et dont les moulures seules seraient changées.

Il en est tout autrement du droit des successions non nobles — et ceci s'explique aisément.

A la différence des nobles, les manants, les roturiers, dont l'existence dans la société s'affirmait dès le XIIIe siècle de jour en jour davantage, dont les relations commerciales accroissaient la fortune et partant la puissance, devaient désirer que la législation qui les régissait fût en harmonie constante avec les progrès de leur situation sociale.

De là à Mons ces chartes multiples demandées et obtenues du seigneur et dont chacune marquait un progrès sur celle qui la précédait. De là aussi, dans les autres chefs-lieux cette transformation lente des coutumes qui, sans être homologuées tout d'abord, étaient implicitement acceptées par le seigneur qui voyait sans s'y opposer ce développement progressif des usages. Son silence équivaut à une sanction. Si bien que le jour où il donnera l'homologation, le jour où il interviendra, il ne fera que sanctionner les principes déjà admis depuis des siècles et tels que le travail sourd des générations les avait rendus.

Dans les chartes que donnent les seigneurs, on

retrouve, donc la législation antérieure et on remarque
qu'en matière successorale surtout, les principes
posés par les coutumes furent soigneusement respectés
lors de l'homologation.

C'est qu'en effet le droit des successions forme la
base la plus solide d'un ordre social ; c'est pour celui
qui a en main le pouvoir de les réglementer un
moyen d'assurer la liberté d'un peuple ou de l'oppri-
mer. Les hennuyers l'avaient si bien compris que
chaque ville, je pourrais dire chaque bourgade avait
sa charte spéciale dont la plus grande partie traitait
des successions.

C'est à l'examen de cette législation contenue dans
les coutumes locales que nous allons consacrer les
pages qui vont suivre, après avoir ainsi fait ressortir
toute leur importance.

Si on compare dans les chefs-lieux de Mons et de
Valenciennes le droit successoral en vigueur au XIVe
siècle avec celui du XVIIe, on est étonné des change-
ments nombreux, des transformations répétées qu'il a
dû subir durant ce court espace de temps.

Ce n'est qu'au XIVe siècle qu'on voit apparaitre la
première charte. — Jusque là, on vivait sur des
usages conservés dans la mémoire du peuple. Ceux-ci
pouvaient suffire à une époque où les manants
n'avaient en somme aucune existence légale et ne

vivaient que par la tolérance du seigneur, dont ils se souvenaient encore d'avoir été les serfs et les affranchis. Mais peu à peu, les roturiers voient leur nombre s'accroître ; ils prennent conscience de leur individualité et de leur force ; de petites villes s'élèvent auprès du manoir seigneurial, il leur faut des règles précises, qui soient en rapport avec leur développement social.

De là, nécessité de collationner et d'homologuer les usages, en les modifiant s'il y a lieu. Ce fut fait par le Seigneur, à des dates différentes suivant les chefs-lieux.

Il ne faut donc pas voir dans ces chartes ainsi accordées des concessions gracieuses du seigneur, voulant faciliter les progrès de son peuple, mais, tout au contraire, il faut y voir la résultante du progrès accompli par une ou plusieurs générations d'hommes, progrès qui contraignait le seigneur à transformer en article de loi, les principes déjà connus et appliqués dans la pratique.

En un mot, le seigneur fait œuvre de sanctionnateur plutôt que d'initiateur.

Ceci est de la dernière évidence, pour qui connaît les principes en vigueur en Hainaut jusqu'au XVe siècle. Ainsi par exemple, dans le chef-lieu de Mons, jusqu'au XV· siècle, les filles n'avaient aucun droit dans la succession des mainfermes de leurs père et mère; le tout passait aux fils.

C'était là un principe barbare qui violait d'une manière flagrante l'égalité qui doit régner entre tous les membres d'une même famille, principe que nous avons vu déjà dans la succession des fiefs et qui est un legs du moyen-âge.

Aussi dès 1410, voyons-nous Guillaume de Bavière donner partiellement satisfaction à ses sujets en accordant à chacune des filles une part égale à la moitié de celle d'un frère.

C'était déjà un progrès, mais on était encore loin de l'égalité qui seule eût dû régner entre les enfants du même père et de la même mère. Toutefois cela n'avait rien de choquant en pratique, car les parents pouvaient remédier à cet inconvénient en usant par exemple de l'advis de père et de mère ; la coutume tolère ces écarts, je dirai plus elle les approuve, elle les suppose. Pourquoi n'alla-t-elle pas jusqu'au bout, après avoir posé le principe de l'admission des filles à la succession ? Le seigneur a-t-il pensé qu'il était nécessaire de ménager une période de transition, sachant bien d'ailleurs que la pratique se chargerait d'appliquer au mal qu'il laisse subsister le remède qu'il signale d'ailleurs ; et qu'on pourrait ainsi passer lentement et insensiblement, par un progrès constant de l'opinion, du principe de l'exclusion complète des filles à celui de l'égalité des deux sexes ? Ceci reste une énigme, en tout cas le dernier pas dans la voie de la justice et de l'équité fut franchi par la charte dite préavisée, qui consacre expressément pour la première fois le principe de l'égalité parfaite.

De même en matière de représentation.

Jusqu'à l'apparition de la charte de 1410, la représentation n'était admise qu'en faveur des enfants des fils prédécédés. Cette charte accorde le même droit aux enfants des filles, mais elle allait trop loin dans cette voie libérale lorsqu'elle consacrait l'existence de ce privilège non seulement dans la succession en ligne directe mais même dans la succession en ligne collatérale.

La pratique fit bientôt ressentir les inconvénients de cette disposition et le seigneur dût en 1484 restreindre à la ligue directe le privilège de la représentation.

Dans le chef-lieu de Valenciennes, où la première charte n'apparait qu'en 1531, une évolution semblable s'opéra dans les usages ; mais elle se fit sans l'assistance ni la coopération du seigneur dont le rôle se réduisit à consacrer le résultat définitif atteint par la marche progressante des coutumes.

Cette charte de 1531 qui est une compilation des

usages en vigueur depuis plusieurs siècles, mais des usages transformés et continuellement remaniés dans la mesure des progrès de la civilisation, admet en effet immédiatement le principe de l'égalité des enfants dans la succession de leurs père et mère. (Valenciennes art. 124).

Cependant, il ne faut rien exagérer, cette charte était loin encore d'être parfaite. Elle admet, comme nous le verrons l'existence d'un droit, dit de maineté, qui constitue un grave échec au principe de l'article 124. Nous aurons l'occasion de traiter de ce droit lors de notre étude sur la succession des descendants, nous n'insisterons donc pas ici sur ce point.

Disons seulement que ce droit constitue une singularité dont on ne peut découvrir l'origine, d'ailleurs fort lointaine et dont on ne peut expliquer le maintien et sans nous étendre plus longtemps sur cet aperçu général, passons de suite à l'examen de la succession aux biens de mainfermes.

CHAPITRE Ier

—

Succession aux mainfermes (¹)

—

Si l'on peut dire du fief, qu'il donne le domaine utile avec reconnaissance d'un supérieur auquel on doit hommage et fidélité ; de l'alleu, qu'il donne le domaine utile et direct sans sujétion ni dépendance, on peut caractériser la mainferme, en disant qu'elle donne le domaine utile avec dépendance, sans hommage ni fidélité.

Les mainfermes se divisent en propres et en acquêts. Les propres viennent de succession en ligne

---

(1) On entend par mainferme : « un héritage ou autre bien immo-
» bilier qui doit cens et rente ou autre droit casuel et annuel à
» quelque seigneur en reconnaissance de sa seigneurie directe. »
(Le *Praticien Français*, liv. **2**, ch. 7).
Il y en a de plusieurs espèces : les uns doivent un droit annuel et réglé, les autres ne sont astreints qu'à un droit casuel et irré-
gulier, par exemple au cas de vente, d'échange ou autre mutation de propriété.
Dans quelques lieux c'est le cinquième denier du prix de vente. Ce droit porte le nom de lots et ventes.

directe ou collatérale, et il est de principe que tout ce que nous recueillons de nos parents tant par succession que par donation à cause de mort constitue un propre (ch. génér., ch. 49).

Les acquêts, dit Boulé (1), sont les biens qui nous arrivent à titre singulier.

1° Succession en ligne directe. — A. *Descendants.* — La ligne directe descendante est préférée aux autres. Les enfants mâles et femelles sont donc partout appelés les premiers. Mais il s'en faut que la répartition entre eux se fasse partout suivant les mêmes règles.

A Mons, nous l'avons déjà signalé, les filles sont moins bien traitées que les fils, elles n'ont que la moitié de la part allouée au fils. A Valenciennes, au contraire, sauf application du droit de maineté, il y a égalité entre les enfants. A Chimay, l'inégalité était encore plus flagrante qu'à Mons : sauf advis des père et mère les filles sont complètement exclues par les fils (Chimay, ch. 2, art. 3). Il est vrai que cette même coutume leur accordait la totalité de la succession mobilière si leurs frères refusaient de leur céder une part de la succession.

A Lessines, les enfants succèdent par part égale à

---

(1) Introduction pour l'intelligence des chartes du Hainaut. Ouvrage manuscrit.

leurs père et mère ; le bâtard même succède aux biens délaissés par sa mère comme s'il était légitime.

D'ailleurs dans toutes ces coutumes la représentation était admise en ligne directe.

Au cas de remariage, les enfants du premier lit succèdent aux biens propres de préférence aux autres enfants. Ils succèdent aussi aux acquêts faits par leurs père et mère avant leur mariage, durant celui-ci, ou pendant leur veuvage tant qu'ils ne se sont pas remariés. Les acquêts faits à partir de cette époque jusqu'au moment d'un deuxième remariage vont aux enfants du deuxième lit, et ainsi de suite, mais les père et mère pouvaient en disposer autrement. C'est là du moins la solution donnée par la coutume de Mons (ch. 1) (1).

A Valenciennes, il en était tout autrement (art. 126 à 131). Là, les enfants du premier lit ont la moitié des propres échus à leurs père ou mère avant ou pendant le premier mariage, l'autre moitié passe aux enfants des autres lits; tous succèdent par égale portion. Les biens acquis par un père ou à lui échus

---

(1) Pourtant un arrêt du 17 octobre 1646 rendu par la cour de Mons décide que le demi-frère concourt avec les frères germains dans la succession des acquêts, et fait ainsi échec à la règle posée dans la coutume. Un autre arrêt du 1er avril 1669 contient une solution analogue. Tous deux sont rapportés dans le manuscrit 1645 de la Bibliothèque de Valenciennes.

pendant son veuvage se partagent également entre les deux lits.

Quant aux biens échus par succession durant le deuxième mariage des parents ils se partagent par égale portion et par tête entre tous les enfants sans distinction de lit.

On ne peut s'expliquer ces différentes solutions. Les rédacteurs de la coutume ont traduit aveuglément ce qui était d'usage de leur temps sans en chercher les motifs.

Reste, pour en terminer avec la succession des descendants à traiter d'un droit dont nous avons souvent parlé déjà : du droit de maîneté — (minor natu).

Ce droit est un préciput sur les meubles et les immeubles accordé à l'enfant d'un premier mariage qui est maîné à la mort du survivant des deux conjoints; il importe peu d'ailleurs que le maîné soit mâle ou femelle.

Ce droit sans être spécial à la coutume de Valenciennes, ne se retrouve cependant que dans la châtellenie de Lille, la seigneurie d'Haubourdin et à Cambrai, encore ne s'y trouve-t-il que légèrement modifié.

D'où ce droit tire-t-il son origine ?

Il est évidemment d'origine germanique, ilfait, en

quelque sorte, le pendant du droit de Ju·eigneur qui
existait en Bretagne et qui est, lui, d'origine celtique

Comment ce droit s'exerçait-il à Valenciennes ?

» Le droit de maineté se prend préalablement et
d'avant part », dit l'article 132 de la coutume de
Valenciennes, « le maîné prend au restant une part
égale à celle de ses frères et sœurs » ajoute le même
article 132.

Ainsi, au décès du survivant des conjoints, avant
tout partage, le plus jeune prélevait parmi les meubles : un objet de chacune des espèces qui s'y trouvaient exister ; et parmi les immeubles : celui qui lui
paraissait le meilleur. Ce prélèvement opéré, le maîné
participait comme les autres au partage de la succession.

En tant q ie portant sur les meubles, nous dit
l'article 140, ce privilège s'étendait à tous ceux qui
étaient d'usage dans un ménage, mais les marchan-
dises d'une boutique n'y pouvaient être soumises.

Quant à l'immeuble sur lequel peut porter le choix
du maîné, il faut, dit la coutume un immeuble en un
seul corps ; c'est-à-dire que si une maison comprend
deux corps de logis sans communication entre eux,
il ne peut choisir que l'un d'eux (art. 138).

Ajoutons qu'à l'égard des immeubles, ce droit ne
s'exerçait que sur ceux qui étaient propres aux

conjoints ou qui avaient été acquis par eux avant la dissolution du mariage par décès de l'un d'eux (art. 140.) En conséquence ceux que le survivant avait acquis pendant son veuvage ou ceux qui lui sont échus durant ce temps n'y étaient pas soumis.

Ce droit, avons-nous dit, appartient au plus jeune des enfants, il faut ajouter, avec l'article 140 qu'il n'appartient qu'au plus jeune des enfants du premier lit à l'exclusion de ceux des autres lits.

Faisons encore remarquer que ce que l'enfant prélève à ce titre doit être imputé sur sa légitime : c'est ce que dit l'article 141 « le droit de maîneté tant héritière que meubiliaire sera imputé en la légitime du maîné » : et que, d'autre part, si, après l'exercice de ce droit, le surplus des biens ne peut suffire pour assurer la légitime des autres enfants, le montant de ce droit sera diminué d'autant. (Art. 141).

Dans quel délai devait-on exercer ce privilège ?

L'article 136 nous fixe à ce sujet : à l'égard des meubles, le maîné avait un délai de quarante jours après la mort du survivant des conjoints ; à l'égard des immeubles le délai était d'un an.

Le droit de maîneté constituait un privilège bizarre et exorbitant, on devait donc avoir en pratique une tendance à le restreindre dans les plus strictes limites. Aussi voyons-nous qu'une controverse étant née sur

7

le point de savoir s'il pouvait exister alors qu'il n'y avait qu'un seul enfant du mariage, deux arrêts du Parlement de Flandre tranchèrent par la négative cette question qui n'eut jamais dû se poser.

Le droit de maîneté suppose nécessairement pour s'exercer l'existence simultanée de plusieurs enfants du premier mariage, il est contraire au bon sens de parler de ce droit dans toute autre hypothèse. Ces arrêts cités par Raparlier sont l'un du 9 août 1749 (affaire Placide Thiéry, médecin à Marchiennes) l'autre du 29 septembre 1752 (appel d'une sentence du siège royal du Quesnoy).

Il va sans dire que les père et mère pouvaient par un partage rétablir l'égalité entre leurs enfants, ce qui, paraît-il, était très fréquent dans la pratique et restreignait fort l'exercice de ce droit.

B. *Ascendants.* — A défaut de descendants viennent les ascendants ; jamais les collatéraux ne peuvent concourir avec eux ; la coutume de Lessines suppose pourtant le contraire (art. 12).

Voici dans quel ordre les ascendants recueillent la succession : le père succède seul, à son défaut la mère et ainsi de suite.

Ils ne peuvent d'ailleurs succéder qu'aux acquêts « propres ne remontent » c'est-à-dire qu'une main-

ferme venant du côté maternel ne peut échoir au père,
non plus qu'une mainferme paternelle à la mère.

La représentation n'a pas lieu dans cette succession
aux acquêts, le père l'emporte sur le grand'père
maternel.

2° *Succession en ligne collatérale.* — La règle
fondamentale, en cette matière, est : « paterna paternis, materna maternis » il faut être du côté d'où vient
l'héritage pour être habile à le recueillir. C'est ce que
disent nettement les articles 142 à 145 de la coutume
de Valenciennes.

A défaut d'ascendants, les frères et sœurs de la
personne décédée sont seuls appelés à la succession
des propres et des acquêts ; les neveux et nièces ne
peuvent concourir avec eux car la représentation n'a
pas lieu (Valenciennes art. 146 (1). Mons ch. 2 (2).
Chimay ch. 3). Il faut faire une exception pour les
coutumes de Lessines et de Wodecque qui admet-

---

(1) Valenciennes art, 146 : « En succession collatérale représentation n'a lieu ».

(2) Mons chapitre 2:

... Les dits frères et sœurs vivans succèderont en leurs frères
ou sœurs germains trespassez, selon et ainsi que dessus est dict ;
c'est deux sœurs ottant que ung frère sans que les enfants de leurs
dits frères ou sœurs trespassez puissent en ladite succession aucun
droit avoir, tant que frère ou sœur germain y ait vivant et aussi
bien d'acquests des dicts frères et sœurs que de patrimoine, s'il n'y
a condicion advisée au contraire ».

tent la représentation à l'infini en ligne collatérale.
(Lessines, art. 9. Wodecque art. 2).

Remarquons que dans la coutume de Mons, le
mâle emporte le double contre la femelle (ch. 2).
Remarquons enfin, que dans toutes les coutumes, les
frères et sœurs germains l'emportent sur les autres.
C'est ce que disent formellement la coutume de Mons
(ch. 2) et celle de Chimay (ch. 3). La coutume de
Valenciennes est, il est vrai, muette, mais comme
dans le cas de silence de la coutume on doit se référer
au droit romain, on en conclut que ce même principe
devait exister là aussi puisqu'il est admis par la
novelle 118, ch. 3. Toutefois Lebrun était d'un avis
contraire (Traité des successions, liv. 1, chap. 6,
sect. 2). L'argument qu'il invoque est assez sédui-
sant : « La coutume de Valenciennes (art. 145),
dit-il, appelant dans la succession en ligne collatérale, les plus proches du trépassé du lit et côté dont
proviennent les biens, ne considère que le côté et
ligne dont les héritages sont venus. La novelle 118,
ch. 3, qui crée le privilège du double lien ne peut
s'appliquer au côté et ligne dont proviennent les biens
puisqu'à Rome on ne considère qu'un seul patrimoine dans la succession du défunt. » Cette critique
est très juste, mais il est probable qu'avant lui, personne n'avait songé à la faire et que dans la pratique

on ne s'était souvenu que du principe d'après lequel au cas de silence de la coutume, on devait se référer au droit romain ; oubliant que c'était faire un non-sens que d'appliquer ici le principe du double lien.

De l'admission de ce principe, résulte une différence notable entre les deux coutumes de Mons et de Valenciennes à propos de la succession des frères et sœurs aux biens acquêts.

En effet, le plus proche parent du côté du défunt recueille les acquêts de mainferme : or à Mons, pour ce faire, on ne considère pas s'il est parent de deux côtés ou d'un seul (ch. 4) car il y est reçu qu'en acquêts et meubles il n'y a pas de demi-frères. C'est ce que consacrent nettement deux arrêts de la Cour de Mons du mois d'octobre 1646 et d'avril 1667.

Mais à Valenciennes où, à défaut de texte de la coutume, on observe le droit romain il faut dire que le frère germain est ici aussi préféré au demi-frère. (Novelle 118 ch. 3).

D'ailleurs la coutume de Mons arrivait ainsi à consacrer une iniquité, car si nous nous rappelons le grand principe de la législation de Mons : l'exclusion partielle des filles par les fils et que nous lui superposons celui de l'égalité, pour la succession aux acquêts, des frères et demi-frères, sœurs et demi-sœurs, nous arrivons à cette conclusion qu'un demi-frère aura une part double de celle qu'obtiendra une sœur germaine!

A défaut de frères et sœurs, les neveux et nièces recueillent la succession. — Mais les principes étant essentiellement différents suivant que le bien à recueillir constitue un propre ou un acquêt il importe d'étudier séparément la succession aux propres et celle aux acquêts.

Pour les propres, le principe est posé dans les termes suivants par le chapitre 3 de la coutume de Mons « *les patrimoines d'oncle et tante se doivent partir, s'ils échéent à leurs neveux et nièces par estoc; c'est à entendre qu'autant y devront avoir un neveu ou une nièce d'un mariage que quatre ou cinq d'un autre.* »

Cet article n'est pas très clair et demande une explication.

La succession se divise par estoc, c'est-à-dire que les neveux viennent par représentation, non pour le droit de succession, mais pour la portion qu'ils doivent recueillir : par exemple, les enfants d'un même mariage ne sont qu'une personne, les enfants d'un autre, une autre personne. Mais après ce partage par estoc, chaque membre de l'estoc est appelé par tête, sans distinction de sexe. Ceci ne montre-t-il pas l'inconséquence du principe de l'exclusion des filles

admis par cette même charte dans toute autre succession.

S'il se trouve, parmi les neveux et nièces enfants
du même frère du défunt, des enfants de différents
lits, les enfants du premier lit excluent les autres et
succèdent seuls aux propres de leur oncle. (Mons,
ch. 3).

De plus, les neveux et nièces enfants de frères germains sont préférés aux neveux et nièces enfants de
frères consanguins et utérins, ceci par argument a
contrario du chapitre 4 de la coutume de Mons (1)

A défaut de neveux germains, les neveux consanguins
succèdent aux propres paternels, les neveux utérins
aux propres maternels, c'est là une conséquence de la
règle : Paterna paternis.

A Valenciennes, cela ne se passe pas ainsi.

La coutume étant muette sur la succession des neveux, on admettait le partage par tête, sauf à tenir
compte du privilège des neveux germains.

Pour les acquêts, lorsque tous les neveux, bien
que de différents estocs, sont du premier lit, ils viennent tous par tête et ont part égale.

Le même principe s'appliquerait encore si les

_____

(1) Mons. ch. 4. par. 3.
ès héritaiges d'acquets et meubles, les enfants d'un demi
frère ou sœur auront autant que les enfants de son dict frère ou
sœur germain. »

neveux et nièces étaient d'un même estoc, mais de plusieurs lits, mais il en serait tout autrement si les neveux et nièces étaient de plusieurs estocs et de plusieurs lits. Dans cette succession aux acquêts d'ailleurs, le privilège du double lien n'existe pas (Mons, ch. 4., p. 3).

Il est facile, après ces quelques explications, de relever les différences qui existent entre la succession aux propres et celle aux acquêts. Dans la succession des propres, les neveux ne peuvent prétendre qu'à la part qu'aurait eue leur père ; dans celle des acquets, ils partagent par tête.

De même, dans la succession des propres, les neveux germains excluent les autres et les enfants du premier lit jouissent de la même faveur ; dans la succession des acquêts, tous succèdent également.

Observons, en terminant, qu'à Valenciennes, pour la succession des acquêts, les principes admis étaient les mêmes qu'à Mons ; toutefois, comme on ne trouve dans la coutume rien de semblable au paragraphe 3 du chapitre 4 de la coutume de Mons, il faut admettre l'existence du privilège des neveux germains.

A défaut de neveux et nièces, les autres collatéraux sont appelés à la succession des acquêts selon leur degré de proximité, pour les propres, les plus proches parents du côté paternel succèdent aux propres

paternels, ceux du côté maternel aux propres maternels. En effet, les dispositions de la coutume ne
parlent que de la succession des oncles et tantes,
dans les autres degrés il faut appliquer la règle générale : paterna paternis, materna maternis, sans
faire de distinction entre le chef-lieu de Mons et
les autres chefs-lieux. Ceci est confirmé par un arrêt
de Malines du mois de septembre 1633, décidant
qu'un cousin germain n'exclue pas un consanguin
pour les biens de la ligne paternelle (1

Si le défunt ne laisse aucun parent du côté dont les
propres lui sont échus ; ces biens appartiendront au
plus proche parent de l'autre ligne, à l'exclusion du
fisc.

A ces principes, la charte de Valenciennes (art. 147
et suivants) ajoute que, pour recueillir une succession
en ligne collatérale il faut présenter une requête dans
l'année du décès. Si personne ne s'est présenté
pendant le dit délai, le maire s'empare des biens et
les administre, sauf à rendre compte à celui qui les
réclamera. Au bout de trois ans, si personne ne se
présente, la succession appartient au fisc.

3° *Droits de conjoint.* — Les droits du conjoint
survivant étaient plus ou moins étendus, selon qu'il

---

(1) Cet arrêt est rapporté dans le manuscrit 1003 de la Bibliothèque de Valenciennes.

existait ou non des enfants du mariage, selon que les biens étaient meubles ou immeubles, propres ou acquêts. Lorsqu'il existait des enfants, la part du conjoint était la suivante :

A. La propriété de tous les meubles à Mons et à Valenciennes (art. 9) ; à Wodecques (t. VII art. 3) c'était la moitié seulement.

B. La propriété de la moitié et l'usufruit de l'autre moitié des mainfermes conquêts (Valenciennes art. 12); l'usufruit de la moitié seulement des mainfermes conquêts (Mons, ch. 33, 34-91-121 ch. génér.) ; l'usufruit de toutes les mainfermes durant la minorité des enfants (Valenciennes, art. 10).

C. Le conjoint ne recueillait rien des immeubles propres de son conjoint prédécédé ; ces biens passaient aux enfants. Cependant à Wodecques (titre VII, art. 5) le survivant avait « la moitié de la jouissance de tous les immeubles tant acquêts que propres délaissés par le prédécédé ».

S'il n'existait pas d'enfants :

A Valenciennes (art. 143 et suivants) le survivant a, durant sa vie, la jouissance des acquêts ; après sa mort, une moitié passe aux héritiers du mari, l'autre moitié à ceux de la femme. Quant aux meubles, une moitié appartient au survivant, l'autre aux hoirs du trépassé.

A Mons les principes sont exactement les mêmes (ch. XII — ch. pr.)

A Chimay, le survivant des conjoints, au cas de défaut de postérité, recueille tous les biens tant meubles qu'immeubles. Lorsqu'il existe des enfants, il avait la propriété des meubles et l'usufruit des immeubles (II — 1 et 2)

A Lessines (t. VII) le survivant, qu'il y eût ou non des enfants, recueille :

A). L'usufruit de la moitié des propres du pré-décédé.

B). La propriété de la moitié et l'usufruit de l'autre moitié des acquets.

c) La propriété de tous les meubles.

4° *Succession aux absents.* — Nous pourrions répéter ici ce que nous avons dit plus haut à propos des fiefs et alleux, les règles sont les mêmes ; nous nous contenterons de parler d'une disposition spéciale dont parle la coutume de Mons dans son chapitre 40 et la coutume de Valenciennes dans son article 103.

Si une personne s'absente durant sept années, sans donner jamais aucun signe de vie, ses proches peuvent appréhender ses mainfermes en donnant caution et à charge, au cas de retour, de restituer la chose et ses fruits.

CHAPITRE II

—

Succession aux meubles

—

Nous aurons bien vite examiné cette dernière question, car pour éviter des redites inutiles, nous nous bornerons à signaler les particularités que présente cette succession ; ce qui n'exigera pas de longs développements.

A Mons, le principe de la succession aux meubles pour la ligne directe descendante est posé dans le chapitre 36 de la coutume.

« Les enfants en pain ou puissance de père et de mère recueillent tous les meubles après le décès de leurs ascendants, et ce, à l'exclusion des enfants qui ont cessé d'être sous cette puissance, soit par le mariage ou par l'émancipation ».

Ceci s'explique par un motif d'équité ; l'enfant, maître de sa fortune a pu amasser pour son compte

personnel, alors que son frère encore en puissance a
travaillé et peiné dans l'intérêt de ses parents. C'est ce
même motif qui avait donné l'idée aux Romains de
créer l'institution du rapport ou plus exactement
de l'apport qui tendait au même but : rétablir
l'égalité entre l'enfant émancipé et l'enfant in potestate patris.

Mais si on s'explique cette inégalité apparente ainsi
créée entre les enfants, on comprend beaucoup moins
la disposition suivante du chapitre 36, laquelle
rejette, en la succession des meubles, toute représentation. Ici, sans conteste, le principe de l'égalité est
violé : le grand-père n'a-t-il pas une égale affection
pour son fils et ses petits-fils, et ceux-ci ne sont-ils
pas naturellement désignés pour succéder de concert
avec leurs oncles et tantes ?

Quoiqu'il en soit, à Mons du moins, la représentation est formellement rejetée. Un père, il est vrai, peut
remédier à cet inconvénient dans son testament il peut
appeler ses petits enfants à succéder à ses meubles
par estoc ; mais si la mort le surprend !

Que décider, si le défunt est remarié et a des enfants
de plusieurs lits ?

Le même chapitre 36 nous répond que ceux du
dernier mariage ont la préférence. Ceci peut paraître
étrange, mais s'explique cependant si on a soin de

remarquer que, lors de son remariage, l'époux a dû, pour obéir à la coutume faire « fourmorture » à ses enfants du premier lit. Cela consistait à donner à ces enfants la part que leur auteur prédécédé avait eue dans la communauté conjugale ; c'était une sorte d'indemnité représentative de la succession mobilière de l'époux prédécédé.

Cette obligation n'existait pas seulement à Mons, mais encore à Lessines.

D'ailleurs, ajoute la coutume de Mons, si le défunt ne laisse pas d'enfants de son dernier mariage, ceux de l'union antérieure succèdent seuls aux meubles.

Enfin reste à faire observer que dans cette succession, les enfants succédaient par tête sans distinction de sexe ni d'âge.

A Valenciennes, ces règles reçoivent de nombreuses et profondes modifications.

La représentation est admise, on évite ainsi l'inégalité choquante consacrée à Mons.

S'il y a des enfants de plusieurs lits, ils succèdent tous par tête ; c'est là une conséquence forcée de l'absence du droit de fourmorture. (Valenciennes art. 124-125). Cette législation n'est pourtant pas parfaite. Il ne faut pas oublier l'existence à Valenciennes du droit de maïneté dont nous avons parlé plus haut et sur lequel nous ne reviendrons plus.

La coutume de Chimay, tout en admettant le principe de l'égalité des enfants pour la succession des meubles, présente une curieuse disposition que nous devons signaler. Cette coutume, avons-nous dit, donne exclusivement aux fils le droit de prétendre aux immeubles de la succession de leurs père et mère; or, à peine a-t-elle posé (ch. 2 art. 3) ce principe barbare, qu'elle semble s'en repentir et décide (art. 4) que si les frères ne donnent pas, de leur plein gré, à leurs sœurs, une part de ce qu'ils ont recueilli, ils seront à leur tour exclus de la succession des meubles.

Cette disposition ne se retrouve dans aucune autre coutume.

A défaut de descendants, les ascendants recueillent les meubles, sans qu'il y ait à signaler, dans aucune des coutumes du Hainaut, une particularité quelconque à l'égard de cette succession.

S'il n'y a ni descendants ni ascendants les frères et sœurs du défunt succèdent, sans distinguer, à Mons au moins, les frères et sœurs germains des autres, car « en la succession d'acquêts et meubles il n'y a nul demi-frère » mais le frère ou même le demi-frère a une part double de celle d'une sœur.

Après les frères et sœurs viennent les neveux et nièces, par tête, sans distinction entre les lits à Mons, (ch. 4. p. 5) (1); les neveux germains ayant, au contraire, la préférence à Valenciennes.

A défaut de neveux viennent les oncles et tantes, puis les autres collatéraux (Mons, ch. 4 p. 5).

On s'étonnera, peut-être, de nous voir citer les neveux et nièces avant les oncles et tantes qui sont comme eux au troisième degré.

C'est un principe indiscuté, en Hainaut, et dont parlent tous les commentateurs, que cette préférence accordée aux neveux.

On respecte ainsi, disent-ils, l'affection présumée du défunt et on obéit à la novelle 118 ch. 3.

Nous avons ainsi terminé cette étude dans laquelle nous avons essayé de résumer les règles admises dans le Hainaut, en matière successorale.

Puisse-t-elle réaliser notre rêve, en faisant plus lumineuses, pour ceux qui nous liront, quelques dispositions de notre droit civil, et montrer ainsi toute la justesse de cette pensée retrouvée dans le livre d'un conseiller de Guillaume de Bavière, comte de Hainaut.

« Multum expelit reipublicœ viros habere literatos » qui leges noverint et jura majorum ».

---

(1) Mons, chap. 4 p. 5.
.... en tant que touche les dits acquetz de mainfermes et meubles, les enfants du second mariage sont aussi prochains que les enfants du premier ».

Vu :

.Le Président de Thèse,   Vu :

J. JACQUEY.   Le Doyen de la Faculté,

Louis VALLAS.

Vu et permis d'imprimer :

Lille, le 17 Décembre 1898.

Le Recteur,

J. MARGOTTET

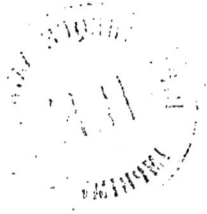

TABLE DES MATIÈRES

Douai. — Imprimerie L. & G. Crépin.

IMPRIMERIE L. CREPIN

DOUAI

www.ingramcontent.com/pod-product-compliance
Lightning Source LLC
Chambersburg PA
CBHW051553280626
47162CB00022B/2081